BERNARD DELOUPY

CRIM' SOUS LE TRAM'

Gilletta • nice-matin

À Angélique.

AVIS AU LECTEUR

« Un jour, nous n'aurons plus que l'impôt sur les os. »
MICHEL AUDIARD

L'histoire bégaie souvent. En quoi un épisode obscur du siège de Nice mené par l'armée franco-turque en 1543 pouvait-il faire sombrer la Côte d'Azur d'aujourd'hui dans le chaos ?
Il ne tient qu'à toi, ami(e) lecteur(trice), d'en savoir plus. Il te suffit de porter ton regard sur la page suivante et d'entrer dans l'aventure.

P.-S. : Il va sans dire que toute ressemblance avec des personnages existant ou ayant existé ne serait que le reflet d'un malheureux concours de circonstances ou d'une parfaite mauvaise foi de l'auteur.

PROLOGUE

Porte du Pont (future porte Pairolière), Nice
15 août 1543, 7 h 40

Une brume de chaleur s'insinuait en écharpes poisseuses dans les ruelles. En cet été caniculaire, les remugles des marécages de l'ancienne embouchure du Paillon, au quartier Lympia, mêlaient leur souffle fétide aux odeurs de putréfaction des centaines de cadavres qui se décomposaient. Épuisée par dix jours de siège, la ville encerclée retenait son souffle, s'attendant à encaisser son ultime assaut. Le temps semblait en apnée en cette veillée d'armes, baignée d'un silence de plomb. La citadelle, l'une des plus puissantes de Méditerranée, était un enjeu de taille dans la guerre que se livraient depuis vingt ans l'empire de Charles Quint et le royaume de France. Le comté de Nice, place forte de la maison de Savoie, était en effet le dernier verrou qui empêchait le roi François Ier de fondre sur les riches plaines d'Italie. Et, dans l'impatience de s'en emparer, le souverain s'était allié avec le diable en personne, l'Empire ottoman. Soliman avait mis à sa disposition son grand-amiral, l'émir Barberousse, bey d'Alger. Arrivée de Toulon et des îles de Lérins où elle avait passé l'hiver, la flotte turque avait occupé Villefranche dix jours auparavant. Elle jouait le rôle du marteau face au rivage, tandis que l'armée française, commandée par le duc d'Enghien et forte de vingt mille hommes, formait l'enclume sur terre, le long de la rive droite du Paillon. Derrière la porte du Pont, principal point d'accès à la ville, un hôpital de campagne s'était improvisé contre le muret du *buco alle sporcizie*, le trou aux ordures où l'on jetait les rebuts de boucherie. Un groupe de bugadières[1*] aidait à soigner les blessés qui gisaient alentour, baignant dans leurs déjections sur des litières où grouillait la vermine. Au milieu d'eux, près d'un brasero de fortune, un chirurgien armé d'une lancette de barbier taillait les chairs à vif et cautérisait au fer rouge les membres gangrenés.

– *Aou, la dona maufacia, fai de escarpida d'estrassa, vaï !*[2] cria sèchement le médecin à la lavandière la plus proche.

– *Vés aquéu caga-blea !*[3] rumina la femme, une travailleuse bien charpentée, aux mains rugueuses, aux épaules larges et au verbe haut, qui répondait au nom de Catherine Ségurane. Un roulement de tambour les interrompit. Se fracassant sur les murailles, il céda bientôt la place aux mélopées aigrelettes des muezzins qui exhortaient les infidèles au combat. « *La ilaha ella Allah Mohammed rasoul Allah*[4]. » Des milliers de poitrines rugirent à l'unisson et le terrain sembla onduler sous les silhouettes caparaçonnées de cuir et de métal, d'où jaillissaient par fulgurances les oriflammes vertes du Grand Turc. Les carillons du tocsin se propagèrent à tous les clochers de la ville, appelant les habitants à leur poste de combat.

À mi-hauteur de la colline de Cimiez dominant le théâtre d'opérations, l'état-major surveillait à la longue-vue les préparatifs de l'assaut. Revêtu d'un pourpoint aux manches ornées de fanfreluches, sous une cuirasse ciselée d'or, le duc d'Enghien avait fière allure derrière sa barbiche taillée en pointe. La fine fleur de la chevalerie française et provençale l'entourait, attentive à ses dernières instructions. Le comte de Castellane, Antoine de Lascaris, le sieur de Villeneuve, Gaspard de Grimaldi, le noble Antoine Portanier de Cagnes, enfin le comte de Tende commandant l'arrière-garde, tous faisaient silence.

* Les appels de notes renvoient à un lexique pp. 216-217.

« Mes doux sires, notre souverain, le très chrestien, très puissant et invictissime Roy François le premier du nom ne laissoit encores d'entretenir en quelque esperance que la garnison du païs en fusse deslogée avant que les renforts de l'Empereur n'arrivoient. Lesdites forces pouvoient estre si tost prestes dans trois semaines et seront asgresseur indubitable. Estant desja nous-mesme moult affoibly de gens et de deniers, nous devons aujourd'huy bataille gagner. Adonc, j'ai mandemant de vous faire cognoistre la ruse que notre bon Roy jugeoit estre necessaire. »
En quelques phrases, il apprit à ses capitaines qu'ils avaient des alliés dans la place. Leur souverain venait de conclure un accord secret avec une confrérie de notables locaux, les pénitents pourpres, pour qu'ils ouvrent la porte du Pont. En contrepartie, il exigea que nul pillage n'ait lieu. Il leur ordonna de concentrer leurs troupes face au pont Saint-Antoine et de tenir les compagnies de pontonniers et de mineurs prêtes à franchir le Paillon. Les volontaires de Provence étaient déjà à pied d'œuvre sur la rive en appui de l'assaut « pour tenir ceste porte en sûreté de surprise. Allez, Messeigneurs, et advienne de par Dieu ce que pourra ».

Au signal, les trompettes éclatèrent en un hallali cuivré et l'enfer se déchaîna. Des jets de flèches obscurcirent le ciel au-dessus de la cité assiégée, bientôt suivies de carreaux d'arbalètes incendiaires et de projections de pots à feu grégeois qui embrasèrent la cité. Dans un vacarme de fin du monde, les dizaines de canons et de couleuvrines installés sur les collines environnantes ouvrirent le feu à leur tour sur les fortifications. Les dragons-rampants et le canon basilic de la citadelle y répondirent en écho. Quelques minutes plus tard, l'arrêt des batteries des assaillants indiqua que leur infanterie avait déjà posé ses échelles sur les murailles et

entamé son ascension. Sur les remparts, tout ce que Nice comptait d'habitants valides était venu prêter main-forte aux combattants survivants. Une horde ondoyante d'infidèles aux armures damasquinées submergea bientôt les courtines. S'ensuivit une mêlée confuse où les casques à pointe et à nasal des janissaires barbaresques s'entrechoquaient avec les morions ouvragés des compagnies espagnoles de Juan Sangio. Les cimeterres courbés se heurtaient aux épées d'arçon, les rondaches barbaresques aux boucliers de combat et les lances turques aux hallebardes savoyardes. Les claquements secs des pertuisanes avaient fait place au fracas des masses d'armes, des fléaux et des haches frappant les casques et les cuirasses.
Un début d'incendie ronfla dans la maison du maréchal-ferrant. Catherine s'y précipitait lorsqu'une vision insolite l'intrigua. Débouchant de l'impasse voisine, un groupe de notables armés qu'elle connaissait bien se dirigeait d'un air déterminé vers les quelques mousquetaires qui surveillaient la porte du Pont. Tous portaient pourpoint et haut-de-chausses de couleur pourpre. L'un d'entre eux avait sous le bras un petit coffret de cuir précieux et son voisin un baril de poudre dont il tenait la mèche en l'air. Occupées à observer l'ennemi à travers les oculus de la porte, les sentinelles ne les virent pas arriver. Celui qui marchait en tête tira soudain une courte dague de sa ceinture et la planta entre les omoplates de l'officier de garde, qui s'effondra en râlant. Les autres sortirent instantanément leurs rapières et taillèrent en pièces les soldats en quelques secondes. L'homme au baril le déposa contre les lourds vantaux de la porte de bois et le plus âgé des conjurés en qui Catherine reconnut l'un des consuls des marchands – sortit un briquet, en frotta prestement la pierre et alluma la mèche.
Incrédule, la femme réalisa soudain les terribles conséquences de ce geste : « *Bastardèu !* Soyez maudits ! »

À son cri, toutes les têtes se tournèrent. « À moi, sus aux traîtres ! » Les hommes d'armes présents jugèrent le danger de la situation et foncèrent sur les assassins. Tandis que le combat faisait rage, Catherine se précipita vers le baril grésillant, l'envoya rouler du pied le plus loin possible de la porte, contre la base de la puissante tour circulaire, puis courut se réfugier à l'angle le plus proche. Une terrible explosion secoua aussitôt la placette, y creusant un cratère de plusieurs mètres de profondeur en exterminant tous les occupants sous un déluge de feu. La tour fissurée vacilla un instant et s'écroula à moitié dans un bruit épouvantable. La bugadière demeurait debout, choquée par la déflagration. À travers l'épais nuage de poussière, elle devinait un paysage de désolation où des cadavres désarticulés gisaient dans leur sang.

Seule consolation, la porte n'avait pas souffert, protégée par les soubassements de la fortification. Il était temps, Catherine entendait déjà les assaillants tenter de l'enfoncer. Les défenseurs se mirent à déverser des chaudrons de poix enflammée par les mâchicoulis et les attaquants refluèrent en désordre. Des clameurs éclatèrent au loin : « *Atencioun à l'atacà dei saraïn sou lou bastioun !*[5]» La tour Saincaïre ébréchée, seul le bastion Saint-Georges empêchait maintenant l'ennemi d'investir la basse ville. Et la garde ottomane y lançait l'assaut final.

Rendue ivre de rage par la félonie de certains de ses concitoyens, Catherine saisit son battoir de lavandière et s'élança. Lorsqu'elle se dressa sur l'étroite plate-forme du chemin de ronde, accablant les Turcs d'injures, la vision de cette furie, noire de suie, au regard fou et au bras vengeur, rendit un regain de hargne aux derniers défenseurs.

– *Vé, Catarina, la mieja luna !*[6]

L'un de ses congénères lui désignait un drapeau vert, frappé du croissant de Soliman, qui apparaissait au sommet d'une échelle. L'étendard sacré de bataille du Grand Turc, orné du sabre d'argent d'Ali. Le géant enturbanné qui le brandissait enjambait le créneau, lorsque la femme se mit à le frapper au crâne à grands coups de battoir, lui crachant sa haine au visage : « *Cresta pouorc !*[7] » Surpris, le porte-enseigne trébucha et la femme lui arracha la hampe de l'autre main, cependant que ses voisins, profitant du léger flottement dans les rangs turcs, réussirent à repousser l'échelle avec leurs fourches.

Toute à la griserie de son geste, Catherine sauta sur les créneaux, agitant le trophée pris à l'ennemi en s'égosillant : « Victoire ! Victoire ! » Les Barbaresques déjà à l'œuvre sur la courtine furent saisis d'une courte hésitation, qu'un lansquenet à barbe de la compagnie pontificale mit à profit pour les exterminer, des terribles moulinets de son épée tenue à deux mains.

De sa longue-vue, le duc d'Enghien aperçut la combattante improvisée qui, présentant son dos aux Turcs en fuite, releva ses jupons. En un geste de souverain mépris, elle leur infligea alors le spectacle de sa croupe dénudée de jument poulinière. Déjà échaudé par l'échec de la porte du Pont, l'officier était à la fois dépité et empli d'admiration.

« Oncques ne vit gueuse si bellement tournée, je n'aurois point desplaisance à la connaître charnellement. Mais la malepeste l'emporte ! Nous avons raté une occasion qui ne se représentera pas de sitôt. Prions Dieu que les renforts de l'empereur ne peuvent arriver si tost qu'il espéroit. Et surtout, plûst au ciel que ce maudyct parchemin ay disparu dans l'explosion… »

Boulevard Jean-Jaurès, Nice
De nos jours, 24 décembre, 19 h 55

La ville se préparait à fêter Noël. Un vent froid venu des sommets enneigés du Mercantour griffait les rues par rafales. Au loin, surplombant la place Masséna, la grande roue déroulait lentement sa course de feu. Parmi les rares passants qui se hâtaient de rentrer chez eux, un homme avançait, courbé en deux, le col de son manteau relevé pour se protéger des bourrasques. Le directeur des fouilles du tramway s'en voulait d'avoir oublié son appareil photo sur le chantier. Désireux de le récupérer pour fixer les souvenirs de sa soirée en famille, il pressa le pas afin de retrouver les siens au plus vite.
Les travaux du ballast avaient permis d'exhumer sept cents ans d'histoire de Nice, miraculeusement conservés sous l'épaisse couche de sédiments du Paillon. Devant la qualité de préservation du site et le diagnostic enthousiaste de l'Institut national de recherches archéologiques préventives, la décision avait été prise de couler une dalle de soutènement en béton pour faire passer les rails et poursuivre en-dessous la mise à jour des vestiges. Il ne restait plus que quelques mois avant que la crypte de 2 000 m^2, un sarcophage aux parois moulées, ne fût ouverte au public, et les scientifiques se dépêchaient de faire parler le sous-sol.
À l'angle de la rue du Pont-Vieux, le chercheur atteignit enfin la cabane qui donnait accès aux fouilles et introduisit sa clé dans la porte. Il eut la désagréable surprise de constater qu'elle n'était

pas condamnée et il pesta contre celui de ses assistants qui avait dû oublier de la verrouiller pour les fêtes. Il pénétra rapidement à l'intérieur, dévala l'échelle, plongeant dans les entrailles de la terre six mètres plus bas et alluma les rampes de projecteurs, qui illuminèrent la vaste salle souterraine d'un éclat aveuglant.
Son cœur se figea dans sa poitrine. Une silhouette s'était brusquement redressée face à lui. À en juger par l'attirail au sol, il enregistra en une fraction de seconde que l'homme avait creusé une tranchée au pied du flanc gauche de la tour, sous la pile du pont-levis. L'inconnu couvert de boue serrait contre lui un petit coffret de cuir cabossé qu'il venait sans doute d'exhumer des décombres.
D'abord interloqué, le directeur se ressaisit, croyant à un collectionneur passionné comme on en trouvait rôdant autour de toutes les fouilles : « Qui êtes-vous ? Le chantier est interdit au public. Cet objet est la propriété de l'État. Je vous somme de le laisser ici et de quitter immédiatement les lieux. »
L'autre s'approcha de lui, l'œil chafouin, ôta son gant droit sans rien dire, plongea sa main libre sous la combinaison maculée, et la ressortit armée d'un objet curieux qu'il braqua dans sa direction. Avant que l'archéologue n'ait eu le temps d'esquisser un seul geste, il perçut un sifflement et ressentit une légère brûlure au cou. Déconcerté, il porta les doigts à sa carotide et se mit à trembler. Il tenta de faire un pas, mais ressentit une infinie difficulté à se mouvoir. La sensation de paralysie semblait s'étendre lentement à tout son organisme. Ses genoux se dérobèrent tout à coup sous lui et il tomba au sol. Impossible même de déglutir, la salive se mit à couler de ses lèvres, dégoulinant jusqu'au menton. Toujours conscient, il sentait avec horreur son corps échapper à son contrôle. Ses paupières elles-mêmes retombèrent bientôt sur ses yeux.
Il resta ainsi quelques secondes, épuisé par l'effort terrible de forcer son diaphragme à monter et descendre pour respirer.

Le souffle coupé, il sentit sa cage thoracique comme broyée par deux monstrueuses mâchoires d'acier. Une panique irrépressible l'envahit, tandis que les souvenirs de sa vie défilaient à une vitesse vertigineuse devant ses yeux. Asphyxié en pleine dilatation, les poumons pleins, la poitrine bloquée, il hoqueta, son visage blanchit et il s'effondra, le nez dans la terre battue.

« Joyeux Noël ! » ricana son agresseur, imperturbable. Il se débarrassa en un tournemain de son vêtement boueux et glissa le coffret de cuir sous son blouson. Il remit son gant droit, puis partit à reculons en effaçant soigneusement les traces de ses pas. Il éteignit, remonta l'échelle d'accès, jeta un coup d'œil circulaire pour vérifier que nul ne le voyait sortir et ferma la baraque de chantier avec son passe. Quelques mètres plus loin, il jeta le bleu de travail souillé dans un wagonnet du petit train de poubelles brinquebalant qui sillonnait le quartier et s'enfonça à grandes enjambées dans les ruelles sombres du Vieux Nice.

Pyramide de la Ratapignata, Falicon
1er janvier, 0 h 15

La clarté blafarde de la pleine lune ambrait les contreforts du mont Chauve, éclaboussant de cristal la silhouette incongrue du petit monticule givré. L'une des rares pyramides d'Europe, dont l'origine perdait les spécialistes en d'infinies conjectures et qui alimentait tous les fantasmes. L'atmosphère irréelle de la nuit de la Saint-Sylvestre accentuait encore le parfum de souffre de la Bauma des Ratapignata, cette mystérieuse grotte des chauves-souris d'où semblaient suinter les ténèbres.
À quelques mètres de profondeur, sous les concrétions naturelles d'une salle rougeoyant à la lueur de torches, une trentaine de silhouettes revêtues d'aubes pourpres et coiffées de hautes cagoules pointues assorties psalmodiaient en cercle. Au milieu d'elles, un trépied soutenait une bannière de tissu violet où se lisait l'inscription : *Nicae confraternitas.* Un personnage de grande taille, tenant un bâton d'apparat doré, leva solennellement la main. Il prit la parole d'une voix grave, visiblement habituée aux prétoires :
« Mes frères, vous n'ignorez pas qu'on a attribué à cette grotte le rôle de lieu liturgique gallo-romain, de caverne d'initiation pour une loge maçonnique selon le rite égyptien, de cache de l'Arche d'Alliance, d'athanòr d'un maître alchimiste, ou de point crypté de rencontre du troisième type… Mais, seuls, vous et moi savons qu'elle a en fait été élevée au rang de commanderie secrète par les occupants de la bastide proche,

vers l'an 1200. Nous en sommes les veilleurs humains autoproclamés et c'est la raison pour laquelle elle abrite le grand chapitre annuel de notre confrérie, comme chaque 1er janvier depuis maintenant près de six siècles. Aussi ai-je le grand honneur de vous y révéler une très grande nouvelle. »

Le silence se fit, trahissant l'attention de tous.

« Vous avez probablement entendu parler de ce fait divers survenu dans les fouilles de la porte Pairolière, le soir de Noël. Le chantier du tramway nous a permis de creuser discrètement au pied des fondations qui avaient été détruites lors du grand siège de Nice, pour y découvrir ce que vous savez. Notre sénéchal, ici présent, a été fâcheusement interrompu dans son travail et contraint d'opérer de façon, disons… musclée. Nous devons, hélas, déplorer la première victime innocente de notre Grand-Œuvre. Mais ce cadavre n'est que la part du feu. Nous avons enfin récupéré le bien que nos illustres prédécesseurs avaient perdu en 1543 sous l'explosion. Notre heure de gloire est arrivée. »

Il se pencha sur un objet dissimulé sous un tissu cramoisi.

En cet instant, un coup de feu retentit à l'extérieur, suivi d'une cavalcade. Une silhouette essoufflée dévala le petit escalier taillé dans le roc.

– Nous faisions le guet à l'entrée de la pyramide quand nous avons surpris deux rôdeurs, qui ont entendu la fin de notre conversation. J'en ai abattu un, mais l'autre a réussi à fuir. Notre frère s'est lancé à sa poursuite.

– Abrutis ! lança le prieur, en signifiant d'un geste sec la levée de la cérémonie. Vous êtes responsables devant la confrérie de l'exécution de ce fuyard ! Vous connaissez la sanction de notre saint tribunal en cas d'échec !

Un murmure d'horreur parcourut l'assemblée…

Domaine Le Jas d'Esclans, La Motte-en-Provence
4 janvier, 11 h 35

Le ciel de traîne d'un mistral assagi apportait son contrepoint azur aux collines verdoyantes. Sertie dans le moutonnement des ceps de vigne noueux, qui fuyaient jusqu'aux horizons de grès rouge du massif de l'Esterel, l'exploitation viticole ronronnait sous les rayons d'un soleil généreux.
Le long de l'allée de mûriers taillés, derniers vestiges de l'ancienne magnanerie, un Dauphin biturbine aux couleurs d'Héli Air Monaco trônait sur le vaste parking. C'était le premier appareil de ce type commandé en France et le seul disponible dans la région : l'EC 155 B1, véritable salon volant à l'intérieur en cuir, disposant d'un petit bar, le luxe absolu. Son unique passager l'affrétait à son usage exclusif lorsqu'il séjournait sur la Côte d'Azur. Une immense cave flambant neuve, aux allures de cathédrale de mélèze et de verre, le surplombait. Dès la porte coulissante franchie, le bâtiment révélait ses qualités écologiques d'isolation. Il y régnait une température idéale, propice à l'élaboration de ce cru classé dont les Romains avaient dégusté les premiers nectars.
Sous la lumineuse charpente, de hautes cuves en inox scintillaient de toute leur technologie. Au pied de l'une d'elles, devant le petit robinet dégustateur, deux hommes conversaient.

– Goûtez-moi ça, monsieur Charaf, dit le plus grand, visiblement le propriétaire-récoltant. Notre cuvée du Loup a obtenu vingt-cinq médailles, lors des différents concours en France l'an passé. C'est un assemblage puissant comme vous les aimez, sur un arôme de fruits frais, parfait pour les repas d'été. Il a de la consistance, une belle structure et il tient en longueur.

Son visiteur, un homme d'affaires au physique levantin, l'étudiait de ses yeux striés de fines veinules. Une paire de moustaches jaunies par le tabac, des paupières en capote de fiacre, fruit d'une complaisance coupable envers les alcools forts et les femmes à tempérament, un petit ventre replet dénonçant un penchant prononcé pour les repas fins, tout en lui trahissait la gourmandise de vie. Comme chaque année depuis qu'il avait découvert ce domaine, le Libanais venait réserver la meilleure cuve de rosé, dès que la vinification permettait de la goûter. Il avait été séduit par ce terroir bien orienté et par son vin issu de l'agriculture biologique. Ici, désherbants, insecticides et fongicides étaient bannis de toute éternité. Les quarante hectolitres étaient destinés aux familles royales et princières des Émirats Arabes Unis, qui raffolaient de sa robe de pétale et de son nez expressif de framboises et d'agrumes.

– Je vous passe commande de la dernière cuve. Beau travail, Matthieu, votre production s'améliore d'année en année.

La transaction achevée, et tandis que l'on préparait le bon de commande, le Libanais alla s'asseoir sous la tonnelle, alluma un Monte Cristo n° 4, dont il goûta avec délectation la première bouffée, et laissa son regard errer sur le paysage vallonné. Un brusque accès de nostalgie lui remémora sa plaine natale de la Bekaa.

Jeune chrétien maronite trop tôt engagé dans les phalanges de Gemayel, Victor Charaf avait participé en 1983 à la guerre civile des montagnes au Liban. Il avait survécu aux corps à corps acharnés dans le Chouf contre les miliciens druzes de Walid Joumblatt, mais il y avait perdu une partie de son âme. Aussi, dès la trêve conclue, s'était-il expatrié aux Émirats

comme beaucoup de ses coreligionnaires. Doué pour la haute finance, il était devenu l'un des conseillers les plus avisés des familles régnantes du golfe Persique. Jusqu'à obtenir le poste de directeur des investissements de la Dubaï Authority, le fonds souverain qui recueillait l'épargne d'État. La gestion d'un portefeuille de neuf cents milliards de dollars, de loin le plus important du monde, en avait fait un redoutable prédateur d'entreprises. Deux cent fois plus puissant que la moyenne de ces fonds de pension spéculatifs privés qui défrayaient la chronique d'une mondialisation abusive...
Sa réputation établie, il avait démissionné et créé sa propre société, la Dubaï Investment Inc., dont l'objet était de gérer le patrimoine de clients richissimes. Un art consommé du délit d'initié et du renvoi d'ascenseur bien dosé lui avait permis de leur servir de juteux dividendes. De mauvaises langues laissaient entendre que le surnom de son entreprise, « la lessiveuse », n'avait que peu de rapport avec l'accessoire électroménager qui fait le bonheur de la ménagère de moins de cinquante ans. D'ailleurs, par une série de coïncidences malheureuses, ceux qui relayaient ces médisances enrichissaient les rubriques nécrologiques des gazettes populaires avec une confondante régularité. Selon certains, son carnet d'adresses était devenu le bottin mondain de la pègre mondiale.

Une jeune femme souriante, accompagnée d'une petite fille aussi blonde que les blés, vint le tirer de sa rêverie.

– Votre rendez-vous est arrivé, monsieur Charaf. Souhaitez-vous vous installer dans notre bureau ?

– Très volontiers, merci, Gwenaëlle. Il tapota la frimousse de l'enfant. Alors, Élise, toujours aussi assidue à tes devoirs ? À propos, je n'ai pas vu tes frères et sœur ?

– Oh, Nicolas est toujours perché sur son tracteur, Oscar est fourré à la cave et Roxane joue à la marchande...

La maîtresse de maison connaissait la parano de son client. Nul ne savait où il habitait quand il venait sur la Côte d'Azur et il s'arrangeait toujours pour organiser ses rendez-vous chez les autres. Elle l'installa dans une immense pièce vitrée, d'où l'on jouissait d'une vue incomparable sur la chaîne des Maures. Puis elle s'effaça devant un homme de haute taille à la mise soignée, une pochette de soie pourpre émergeant de son blazer impeccable, qui serrait un attaché-case de grand couturier. Le Libanais l'invita à s'asseoir.

– Qu'est-ce qu'un avocat fiscaliste niçois peut bien me vouloir ?

– Il se dit que vous êtes capable de mobiliser une force de frappe de mille milliards de dollars en quête d'investissements à forte rentabilité.

– Vous êtes bien renseigné, maître. Qu'avez-vous à me proposer ?

– La Côte d'Azur.

L'Oriental plissa les yeux, détaillant son interlocuteur un instant, puis lâcha.

– Je vous écoute.

Une heure plus tard, il raccompagnait son visiteur sur le seuil, le gratifiant d'une longue accolade. Un pacte était né, qui mettrait bientôt la Côte à feu et à sang.

Hôtel Windsor, rue Dalpozzo, Nice
5 janvier, 11 h 44

Le chuintement de la vapeur parfumée à l'eucalyptus qui emplissait le hammam se mêlait au chant cristallin de la fontaine murale. Assis sur le banc carrelé, la tête appuyée sur le mur, les yeux clos, un homme aux reins ceints d'une serviette éponge se prêtait à la caresse de la condensation qui ruisselait sur son torse. Un visage ombré d'une barbe visible, bien que rasée de près, des cheveux noirs portés courts prolongés de pattes carrées à mi-oreille, il était le spécimen même du Niçois, traceur génétique des envahisseurs du Grand Sud au cours des siècles. Les types grec, provençal, ligure, piémontais, corse, maltais, savoyard, et espagnol perçaient sous ses traits comme une vivante alchimie d'Euroméditerranée avant l'heure.
La dégaine de Garri Gasiglia – GG pour les intimes –, de corpulence et de taille moyennes, se fondait facilement parmi ses congénères azuréens. Une qualité première pour le métier de détective privé qu'il pratiquait avec le dilettantisme apparent d'un dandy méridional. Il plaisait aux femmes : ses yeux vert-or aux longs cils de biche avaient raison de la plupart. Et sa faconde proverbiale achevait les plus réticentes. Il collectionnait les conquêtes féminines, cherchant peut-être à atteindre par ces amours de substitution la compagne idéale qu'il désespérait de rencontrer un jour. Un fantasme en kit dont il ne pouvait se résoudre à admettre le caractère illusoire, bien qu'il en ressentît confusément la vanité. À celles qui lui reprochaient

son inconstance, il répondait par une pirouette, citant son aphorisme fétiche, un proverbe bantou : « La femme est comme une couverture en été : quand tu n'en as pas, tu as trop froid ; quand tu en as une, tu as trop chaud. » Le fait est que, question calories coquines, il avait un peu exagéré ces derniers temps. Son fluide vital était carrément passé sur la position « réserve ».

Il avait quitté quelques mois auparavant son appartement-bureau de la rue Pairolière pour faire l'acquisition, sur un chantier artisanal de Bodrum, d'un petit caïque turc, ventru et spacieux, dont il avait transformé la cale en loft flottant. Un rêve de gosse. Le caboteur marchand de bois vernis perdait cependant en confort ce qu'il gagnait en cachet. Aussi Garri venait-il se ressourcer à intervalles réguliers dans cet hôtel de charme du centre-ville, lové autour de son jardin tropical et de sa piscine miniature. Il avait eu le coup de foudre pour ce surprenant musée vivant, dont la plupart des chambres avaient été aménagées par des artistes contemporains. En y résidant, il ressentait une véritable interaction avec leur œuvre, émotion que les tableaux accrochés aux cimaises des galeries traditionnelles ne lui avaient jamais transmise. Il regagna sa préférée, la n° 120, celle confiée à Philippe Perrin. L'esthétique gangster que le plasticien torturé avait imprimée à la pièce lui plaisait. Il lui semblait communier ici avec la violence de cet aventurier un peu boxeur, passablement voyou et un poil alcoolique. Un gars qui envisageait une femme à séduire comme une banque à braquer ne pouvait être foncièrement mauvais…

Son rendez-vous l'attendait au restaurant.

– Oh, Garri, ça va ?

– Pas pire !

Le commissaire Van Campenhout lui tendit une main moite que GG s'empressa de lui rendre. Depuis la résolution en commun de leur première affaire, un respect mutuel s'était

progressivement établi entre le détective privé niçois et l'ancien patron de la Division des activités criminelles à l'antenne locale de la PJ, promu depuis divisionnaire. Le ch'timi rubicond et maladroit avait corrigé les faux pas de ses débuts sur la Côte et s'était peu à peu affirmé dans son rôle et intégré à la région. Tout les différenciait et ils riaient souvent de bon cœur de ce fossé culturel Nord-Sud, mais leur complémentarité avait paradoxalement soudé ce couple atypique, qui se révélait d'une redoutable efficacité sur le terrain. Les bonnes tables étaient leur seul point commun et ils avaient plaisir à se retrouver de temps à autre autour d'un repas, pour se remémorer les événements passés et échanger des informations sur leurs dossiers respectifs en cours.
Dans la salle à manger boisée, un petit feu d'agrément crépitait sous les armoiries de la famille royale anglaise, accentuant l'atmosphère outre-Manche, désuète et conviviale.

– On se croirait dans le salon de Sherlock Holmes à Baker Street, sourit le policier. C'est de circonstance. Sur quoi enquêtez-vous en ce moment ?

– Le macchabée de Cap-d'Ail.

– Le milliardaire américain qui a clamsé dans sa villa la nuit du 29 décembre ? Une affaire pliée, à mon avis. Le légiste qui a procédé à la levée de corps a conclu à une mort naturelle. Étant donné qu'il ne pouvait identifier formellement la cause du décès, on a effectué un nouvel examen externe à l'institut médico-légal. Le parquet a classé le dossier.

– Pourquoi n'avez-vous pas approfondi la piste de son épouse, puisqu'elle reste la principale bénéficiaire de son assurance-vie ?

– Parce qu'elle a un alibi béton. Elle assistait ce soir-là à un bal de charité à Monte-Carlo en compagnie de six cents personnes. La moitié des têtes couronnées du gotha mondial pourrait témoigner en sa faveur.

– Quelqu'un a pu faire le boulot à sa demande.

– Elle n'aurait pas pris le risque d'être victime d'un maître-chanteur par la suite. Non, ce genre de boulot, on le fait soi-même. En tout cas, le toubib qui a délivré le permis d'inhumer n'a noté aucun traumatisme. Pas de traces sur la peau, pas de blessure, impacts, marques d'aiguille ou de micro-scarification, ni de résidu de chloroforme. Une grosse cuite et l'absorption d'un bon sédatif auraient pu à la rigueur entraîner une apnée involontaire, suivie d'une asphyxie. Mais on n'a trouvé aucun médicament près de lui et aucune trace d'alcool dans le sang.

– Il aurait pu être étouffé avec son oreiller ?

– Il y aurait eu des traces de coton dans sa gorge.

– Puisque sa femme vient de l'Est, pourquoi pas la *Bielé Smert*, la mort blanche de la pègre russe ? Un paquet de neige ou de glace pilée tassée au fond de la gorge, ça ne laisse aucune trace extérieure une fois fondu.

– Mais on ne peut cacher des stries caractéristiques dans la gorge. De toute façon, on n'a relevé aucun signe de bagarre et on a pu établir qu'il n'avait pas suffoqué en se débattant. Non, ne fantasmez pas, Garri. Les gendarmes se sont rendus aux conclusions du légiste : il a simplement cessé de respirer. Mais, au fait, pourquoi enquêtez-vous sur ce décès ?

– Ses proches m'ont missionné.

– Et pourquoi n'ont-ils pas directement saisi le juge d'instruction ? s'étonna le commissaire.

– Parce qu'ils ne veulent pouvoir exiger une autopsie qu'en ayant la certitude qu'elle prouvera le meurtre. Exhumer un corps est déjà un acte contre nature pour eux, leur religion le leur interdit. Ils font partie des « Born Again Christian » d'Alabama, les chrétiens évangéliques. C'est l'Église qui regroupe les fondamentalistes religieux les plus sectaires des États-Unis, ceux qui se posent en modèle absolu de société et financent l'essentiel des campagnes des candidats républicains. Alors, imaginez s'ils faisaient ouvrir une tombe pour rien ? Leur communauté leur battrait froid. Sans compter qu'il faudrait bien expliquer leurs soupçons sur la mort du *pater familias,* dont toute la tribu exhibait la supposée vertu comme une icône. Les médias se feraient un plaisir d'étaler sa vie dissolue, son divorce et son remariage avec une Roumaine dont il accusait le triple de l'âge… Donc, ils cherchent à y aller mollo. Pour eux, il a juste été un peu assassiné.

– Qu'est-ce qu'ils en savent ? Ces gens-là sont les exacts opposés des scientifiques. Au lieu de vérifier que l'hypothèse cadre avec les faits, ils cherchent toujours à prouver en quoi ces derniers peuvent corroborer leur dogme. Mais pourquoi vous acharner à ce point ?

– L'instinct, commissaire. Cette histoire pue l'*engatse*[8]. Si nous allions prendre le café dehors ?

– Bonne idée, acquiesça le policier qui, natif de Charleville-Mézières, appréciait l'air froid et sec.

Ils sortirent et s'installèrent sur la terrasse qui dominait le jardin, une oasis de poche, emplie de bambous géants, de citronniers et de bougainvillées. Un couple de perruches colorées gazouillait dans une volière adossée au caoutchouc géant qui ombrageait le petit parc tropical. Un peu plus loin, dans un salon d'osier installé près de la piscine, la propriétaire des lieux conversait avec Ben, un grand carton à dessin étalé devant eux. Déjà auteur de la décoration de l'une des chambres les plus courues de l'hôtel, l'artiste niçois lui présentait son projet de réaménagement d'un couloir, avec ses roulements de *r* inimitables. Garri adressa à la maîtresse de maison un petit signe de connivence : « Alors Odile, on nous mitonne encore la surprise culturelle de l'automne ? »

Un serveur leur apporta les expressos, deux Blue Mountain qui fleuraient bon les montagnes de Jamaïque.

– Et vous ? reprit le détective, faisant face à Van Campenhout. Qu'est-ce qui vous préoccupe en ce moment ?

– L'archéologue qui s'est fait buter dans les fouilles du tram' le soir de Noël.

– C'était pas un accident cardio-vasculaire ?

– Non, c'est ce qu'on a fait croire aux médias pour pouvoir enquêter sereinement. En réalité, on a retrouvé une minuscule aiguille d'acier fichée à la base de son cou. Cela ressemble furieusement à la signature de ces pistolets à curare que les nettoyeurs du KGB utilisaient au bon vieux temps. Des armes très caractéristiques, élaborées au sein du fameux « laboratoire des poisons » de la Loubianka[9].

– Pourquoi pensez-vous qu'il s'agit de curare ?

– Le choix du vecteur, une micro-seringue intra-musculaire. C'était le genre de projectile narcotique des Soviétiques. Le curare est surtout toxique s'il est transmis par voie sanguine.

– Ce n'est donc encore qu'une hypothèse ?

– Oui, et c'est là que réside le problème. Le curare n'est plus guère utilisé en Occident que dans les milieux hospitaliers, en anesthésie-réanimation, car il favorise le travail du chirurgien. Mais, si c'est bien l'un des plus vieux médicaments de la pharmacopée, on n'emploie plus chez nous que des molécules d'origine synthétique, pas plus de six ou sept, selon la durée d'action recherchée. Le laboratoire de toxicologie a procédé à une analyse en spectrométrie de masse pour analyser le produit, car chaque composant biochimique du sang possède une empreinte assez caractéristique. Or, la chromatographie a révélé l'image d'un pic inconnu, qui atteste de la présence d'une substance non identifiée. Celle-ci est un obstacle médico-légal à la signature du certificat de décès et le corps est conservé à la morgue. Nous sommes toujours dans le flou. Un échantillon du sang a été transmis au laboratoire de toxicologie et chimie forensiques de l'Institut universitaire de médecine légale de Lausanne, le plus outillé sur les poisons exotiques. Il n'a rien trouvé, lui non plus. Pour l'instant, on interroge toutes les bases de données mondiales : des centaines de milliers de signatures à comparer…

– Et côté mobile du crime, vous auriez des pistes ?

– Rien là non plus. Fonctionnaire zélé, passionné par son boulot, vie privée transparente, pas de dettes de jeu, contribuable exemplaire, il faisait l'unanimité autour de lui. Son seul vice connu, c'était une limonade menthée au retour du bureau. Bref, le cauchemar du flic.

– Pas d'indices non plus ?

– On épluche toujours la scène du crime. Le procédurier[10] a eu le bon goût de geler les lieux et de faire intervenir immédiatement l'identité judiciaire. Un vrai merdier. Un chantier boueux fréquenté par des dizaines de scientifiques, autant chercher une *poutina*[11] dans un banc de thons.

– Mais pourquoi un céramologue spécialiste du XVIe siècle aurait-il été exécuté comme un agent double durant la guerre froide ? s'enquit le Niçois, réfléchissant à toute allure.

– Si vous avez une idée, je suis preneur, Garri. N'oubliez pas notre accord, on échange toujours nos infos…

– Croix de bois, croix de fer, commissaire. Si je meurs, je veux qu'on m'enterre, répondit GG pour rassurer son interlocuteur.

– Je commence à vous connaître. Vous, vous avez une idée. Le détective demeurait songeur.

– Ça se pourrait, mais il faut que je l'approfondisse.

Une petite lueur venait d'apparaître dans la pupille du détective. L'instinct de la chasse le reprenait…

Hippodrome de la Côte d'Azur, Cagnes-sur-Mer
6 janvier, 12 h 49

En ce dimanche ensoleillé, le meeting d'hiver battait son plein. Sur le rond de présentation, les jockeys recevaient les dernières consignes de leur entraîneur. Une ambiance bon enfant mélangeait les populations les plus improbables. Des pronostiqueurs affairés détaillaient les athlètes à crinière, noircissant fiévreusement de petits carnets, le téléphone vissé à l'oreille. Des familles entières, gaufres en main, se disputaient les wagons d'un petit train tintinnabulant. Turfistes amateurs et bookmakers professionnels côtoyaient des enfants aux joues rouges, à califourchon sur des poneys, et des élégantes à larges chapeaux qu'on eût pu croiser à Chantilly ou à Longchamp.
Un Écureuil AS 350 d'Héli Air Monaco, affrété par Victor Charaf, venait de le déposer le long du champ de courses – son luxe suprême pour éviter les embouteillages. Il se rendit dans le salon VIP où l'attendait le « secrétaire » de son rendez-vous, un petit Jaune trapu, visiblement davantage rompu au maniement du nunchaku qu'à celui du stylo à bille. Ils fendirent un groupe d'entraîneurs et de propriétaires épanouis, qui complimentaient le président de la Société des courses et le directeur de réunion sur l'organisation de la journée.
Tout en arpentant les couloirs, le Libanais se remémora ce qu'il savait de son prochain interlocuteur. Chow Xuejian venait d'être élu délégué général de la Wo Shing Society, une des triades les plus anciennes de Hong Kong. Caractériel et

violent, il avait patiemment franchi les étapes classiques pour accéder au pouvoir suprême : guerre des clans, pots de vin, trahison, retournements d'alliance, chantage, assassinat des concurrents. Un parcours sans faute. Il avait accru l'influence de son organisation en passant pour la première fois des accords avec la principale triade de Chine populaire, Le Grand Cercle, et même celle de Taïwan, Les Bambous unis. En revanche, depuis la rétrocession du territoire par la Grande-Bretagne, il était le premier leader de la société secrète à être confronté à la modernité. Ancrées depuis des siècles dans l'ordre pyramidal des traditions, les triades devaient maintenant composer avec l'appareil d'État chinois. Lequel s'attachait à récupérer le contrôle de cette économie souterraine, à coups d'arsenaux juridiques contraignants, de contrôles fiscaux, de descentes de police et de procès retentissants.

La pièce où Victor Charaf pénétra, étagée sur deux niveaux, faisait face à une immense baie vitrée qui en occupait toute la partie sud, dans l'axe de la ligne d'arrivée. Au-delà des pistes, parcourues par un ballet d'arroseuses, se profilait un écran géant projetant les gros plans des courses. À l'extrémité s'agitaient les vagues turquoise et bleu roi de la Méditerranée, aux crêtes ourlées de brisures de lait sur lesquelles fuyaient les spinnakers panachés d'une régate.

Dans le salon cossu, apprêté pour deux convives, scintillait un immense téléviseur passant en boucle l'arrivée des compétitions et les montants des paris. Le Chinois était le principal propriétaire de chevaux de course d'Asie. Pour lui, l'épreuve d'aujourd'hui n'était qu'un galop d'essai pour faire concourir son pur-sang au mythique Grand Prix de l'Arc de triomphe.

Deux jeunes femmes en longs kimonos or et argent, ajustés comme des fuseaux, se tenaient immobiles de part et d'autre de la porte. Le strass du tissu épousait des silhouettes élancées aux visages de porcelaine, dont les yeux en amande prolongés d'un pinceau de noir le fixaient sans expression. Devant le regard interrogateur du Libanais, son hôte le rassura.

– Ne vous en faites pas, elles sont sourdes. J'ai personnellement réglé ce détail lorsqu'elles étaient enfants. La garantie d'un emploi à vie fait taire bien des réticences. Et lorsqu'ils me les ont vendues, leurs parents ont accepté sans hésiter la clause selon laquelle leurs tympans m'appartiendraient.

Charaf frissonna. Il avait entendu parler de ces fameuses « amazones » à la discrétion contractuelle, la garde rapprochée de championnes de kung-fu.

Le maître d'hôtel apporta deux cloches d'argent, qu'il souleva.

– Le chef vous propose un filet de loup du pays aux palourdes sauvages, cébettes et tomates confites, accompagné de son risotto aux truffes de saison. Bon appétit.

Le parrain reprit la parole.

– Savez-vous pourquoi les chevaux galopent en groupe dans la nature ? Celui qui court en queue est la victime désignée du prédateur qui les poursuit. En tête, vous ne risquez rien. Le secret de mon entraîneur, c'est qu'il maintient chez eux cette angoisse primale. La métaphore vaut aussi pour les hommes : mener la course ou mourir, c'est ma devise.

– Précisément, monsieur le délégué général, les triades sont mal en point. L'État normalise progressivement la situation et reprend la main sur votre empire des jeux.

– Nous ne vous demandons aucune compassion, monsieur Charaf, lâcha sèchement le Chinois. Qu'avez-vous exactement à nous proposer ?

– Une gigantesque zone franche dédiée aux jeux, au cœur du marché occidental, ça vous intéresse ?

L'Asiatique accusa le coup. Durant dix minutes, il écouta attentivement le Libanais, sans prononcer un mot.

Depuis un moment, sur les gradins inférieurs, les caméras de télévision achevaient leur mise au point dans un entrelacs de câbles colorés courant au sol, et les commentateurs de Canal + et Equidia ajustaient leur cravate. Le Grand Prix du conseil général des Alpes-Maritimes était l'étape finale de la prestigieuse saison du Défi du galop, un circuit européen doté de plus d'un million d'euros en allocations et primes propriétaires. À 14 h 20 précises, la voix du speaker jaillit des haut-parleurs. Le groupe compact des concurrents s'élança dans un éclaboussement de sable fibré. L'assistance était électrisée. Les parieurs froissaient leurs journaux, étudiant les écrans, encourageant du verbe et du poing leurs favoris. Une longue houle parcourait la foule communiant avec ferveur au choc des titans. Des milliers d'yeux étaient rivés sur ces dix étalons, hongres et juments qui concourraient pour le titre. Impassible, jumelles au front, Xuejian suivait son protégé qui avait pris un mauvais départ et remontait progressivement le peloton. Il accéléra sur la dernière ligne et coiffa au poteau le deuxième d'une courte tête, dans des clameurs d'excitation et de désappointement mêlés. Un sourire éclaira pour la première fois le visage impénétrable du Chinois. Il leva sa coupe.

– Mon champion a gagné, c'est de bon augure pour notre affaire. Je me rendrai à votre invitation, monsieur Charaf, vous êtes un interlocuteur convaincant. Une dernière chose toutefois. Face à la nouvelle situation qui leur sera imposée, les autorités françaises ne s'impliqueront certainement pas autant que par le passé dans le maintien de l'ordre. Une opération d'une telle ampleur nécessitera donc la mise en œuvre d'une sorte de milice privée qui palliera leurs manques. Puisqu'elle sera au service de toutes les organisations présentes à notre tour de table, je suggère que cette tâche soit confiée à une communauté qui n'en fasse pas partie.

– Bonne idée. Pourquoi pas ?

– Que diriez-vous des Albanais ? Je les connais bien, car durant la dictature d'Enver Hodja leur pays était le dernier

État stalinien d'Europe et la Chine populaire a été leur seul soutien durant de nombreuses années. Nous avons eu l'occasion d'apprécier leur travail… Maintenant que le Kosovo est indépendant, ils cherchent un espace où exprimer leurs talents.
L'Asiatique avait le sens de la métaphore…

– Entendu, mettez-moi en contact avec eux.

Il le raccompagna à la porte.

– Je m'en charge. Dites-moi, par simple curiosité, pourquoi vous faites-vous maintenant appeler le Phénicien ?

– Parce qu'il y a plus de vingt-cinq siècles, mes ancêtres étaient déjà chez eux sur la rive gauche du Var. Six cents ans avant Jésus-Christ, venus de Byblos, de Sidon ou de Tyr, ils avaient installé un important comptoir de commerce dans la rade de Villefranche-sur-Mer, pour négocier avec les Ligures de l'arrière-pays et les Étrusques installés à Antibes. L'histoire bégaie et je me contente de la perpétuer. Les Français ne sont là que des habitants de fraîche date, ils ont récupéré le comté de Nice il y a à peine plus d'un siècle. Une fois notre opération réussie, leur éviction pure et simple ne sera qu'une question d'années. Et la boucle sera bouclée.

– Je pense que notre savoir-faire vous sera très utile dans cette œuvre salutaire, rétorqua l'Asiatique avec un sourire ambigu. Nous avons toutes les qualités requises : discipline, efficacité et cruauté.

Service de médecine légale, hôpital Pasteur, Nice
10 janvier, 18 h 51

Garri réprima un haut-le-cœur. L'odeur entêtante du formol imprégnait les couloirs qu'un néon pâlichon tentait vainement d'égayer. Il longea une salle vitrée où un homme en combinaison blanche et chaussons de cosmonaute s'affairait devant des rangées de casiers métalliques, puis il arriva au bureau du médecin légiste. Un lieu à l'image de son emploi : carrelage blanc, bureau de dotation réglementaire, étagère ployant sous les cartons trop pleins, plante verte jaunie de désespoir, cafetière au filtre pétrifié, cartes postales défraîchies, scotchées sur une armoire, et calendrier publicitaire d'une marque de scalpels punaisé au mur en guise de décoration.
Le docteur Michelozzi semblait incrusté dans son décor. Livide, les yeux enfoncés dans des orbites qu'ombrageait une paire de sourcils broussailleux, il arborait à ses narines et à ses oreilles les touffes de poils qui manquaient à son crâne. Une grande mèche plaquée sur le front, dans une tentative dérisoire de masquer les golfes clairs qu'accusaient ses temporaux, le faisait ressembler à un mort vivant. Affecté par un veuvage précoce, il avait définitivement abandonné toute idée de séduction. Ce transfert énergétique et un mépris viscéral pour le respect des horaires syndicaux en avaient fait le professionnel de loin le plus compétent du Sud-Est.
Il désigna au détective une chaise branlante capitonnée de skaï sauvage.

– Bonjour, Dgé, en quoi puis-je vous être utile ?

– Je cherche à prouver, sans faire autopsier son cadavre, que l'Américain de Cap-d'Ail a été assassiné. Je sais que vous n'étiez pas de service lorsqu'on a amené son corps, mais votre confrère qui l'a examiné a-t-il pu se tromper ?

– Le docteur Jordan est un spécialiste méticuleux.

– Pourriez-vous simplement répondre à quelques interrogations théoriques qui me chiffonnent ?

– Sans problème, la nuit est à nous et les voisins sont plutôt calmes…

– Merci. Tout d'abord, l'asphyxie dont il a été victime pourrait-elle être due à un empoisonnement au curare ?

– En théorie, oui. Le curare est une substance extraite de certaines lianes d'Amazonie, que les Amérindiens utilisaient pour enduire les projectiles de leurs sarbacanes. Son principe actif arrête la transmission de l'influx nerveux entre le nerf et le muscle. Il vient du mot indigène *ourari* signifiant « la mort qui tue tout bas », car, grâce à lui, les chasseurs pouvaient capturer en silence plusieurs animaux sans faire fuir leurs congénères. Le gibier était rapidement frappé de paralysie après avoir été touché, il ne criait pas, ne pouvait pas s'enfuir ni se retenir aux branches en chutant. La victime souffre d'apnée involontaire et décède par arrêt ventilatoire en quelques minutes.

– Où peut-on s'en procurer par ici ?

– En Occident, il n'est plus utilisé que durant certaines opérations en milieu hospitalier, car il permet d'obtenir un relâchement musculaire du patient. Son administration doit donc toujours être pratiquée en milieu spécialisé par un anesthésiste-réanimateur confirmé, qui a recours à un ventilateur artificiel pour maintenir l'assistance respiratoire de l'opéré tant que l'effet du curare subsiste.

– Et combien dure-t-il, cet effet ?

– Au maximum une quarantaine de minutes !

– Par quel vecteur peut-on tuer au curare ?

– Le plus efficace, c'est par la voie sanguine, car sa toxicité se dégrade rapidement par un autre mode d'administration. Mais, à quoi pensez-vous exactement ?

– Vous savez, mon métier m'oblige à envisager tous les cas de figure. Or, on n'a trouvé aucune trace d'impact sur le corps de l'homme d'affaires. Mais, si crime il y a, on aura cherché la discrétion pour simuler une mort naturelle. Alors, pensez-vous qu'un empoisonnement au curare soit possible par massage ?

– D'un point de vue théorique, on pourrait éventuellement imaginer qu'il soit efficace en application transcutanée, s'il arrivait en concentration suffisante dans le sang. En augmentant les doses et étant donné que la surface de massage sur le corps équivaut à une centaine de patchs, ce serait possible, à condition qu'il ne soit pas détruit entre la peau et le sang. Pour cela, il faudrait mélanger le principe actif à une pommade très grasse, du type vaseline, pour faciliter la pénétration à travers l'épiderme. Les vétérinaires arrivent bien à administrer des médicaments aux chevaux en frictionnant leur cuir avec des substances spéciales.

– Y a-t-il d'autres techniques pour favoriser l'imprégnation ?

– L'essentiel serait de l'étaler sur des zones bien vascularisées. En fait, la rougeur de la peau est tout simplement obtenue par la chaleur. On pourrait imaginer que la victime sorte d'un bain brûlant ou d'une séance de sauna. Ou que le poison soit mélangé à un produit qui contribue à la rubéfaction, comme ces préparations à base de piment qui élèvent la température de la peau pour soulager les rhumatismes, en provoquant une vasodilatation superficielle. Il faudrait bien connaître le corps humain pour se concentrer là où la chair est la plus fine. Peut-être même que les parties poilues seraient plus propices à l'absorption, car le follicule pilo-sébacé facilite l'écoulement, mais cela dépasse mes compétences.

– Une chose me trouble. La masseuse elle-même, comment pourrait-elle se protéger du poison ?

– En s'enduisant d'huile de paraffine pour bloquer l'imprégnation, peut-être ? Cela dit, l'intérieur des paumes des mains est probablement la barrière cutanée la plus protectrice du corps après celle des pieds, car c'est la plus sollicitée, donc la plus épaisse et cornée.

Garri haletait, sentant son hypothèse se préciser.

– Ces différents produits appliqués laisseraient-ils des traces sur la peau qu'un légiste eût pu identifier ?

– Dans l'absolu, oui. Mais il aurait fallu qu'il ait l'idée de faire un écouvillonnage des substances sur les endroits suspects. Sous d'autres latitudes, il y a de fortes chances qu'un légiste émettrait systématiquement l'hypothèse d'un curare en cas d'asphyxie. Dans nos pays développés, on ne peut nous en vouloir de n'y avoir pas songé, si personne ne nous met sur la voie.

– Les enquêteurs auraient pu être alertés par les éventuelles rougeurs du corps… Combien de temps faudrait-il à ces dernières pour disparaître après l'application d'un onguent à base de piment ?

– Quelques minutes après la mort. Il y aurait néanmoins une odeur de pommade et la peau offrirait probablement un toucher un peu humide ou non lisse. Mais il suffit là encore qu'elle soit nettoyée après le massage pour qu'il ne reste plus aucune trace.

Le détective continuait son feu roulant de questions auquel le praticien se prêtait de bonne grâce ; ça le changeait de sa routine thanatologique.

– Y a-t-il d'autres symptômes qui puissent prouver l'empoisonnement au curare ? Des effets secondaires, par exemple ?

– Oui, une baisse très rapide de la température corporelle.

– Si on réalisait une autopsie complémentaire du cadavre maintenant, pourrait-on découvrir des traces de curare dans le sang ?

– Non, je suis formel. Il se dégrade rapidement après absorption.

Garri fronça les sourcils et se mit à arpenter le bureau de long en large, renfrogné.

– Bref, il y a peu de chances qu'on retrouve quoi que ce soit en procédant aujourd'hui à un examen médico-légal approfondi.

– Je le crains, Dgé.

– Une dernière question, docteur. Ma suspecte est arrivée à un gala de charité monégasque près de vingt-cinq minutes avant l'heure supposée du décès, les caméras de contrôle en attestent. Si l'on rajoute le trajet en taxi, elle a quitté la villa quarante minutes avant. Serait-il possible qu'elle ait pu ventiler artificiellement son mari pendant tout ce temps et programmer le moment où l'assistance respiratoire a cessé ?

– Décidément, vous devriez écrire un traité sur les mille et une façons de dézinguer sa belle-mère, ça ferait un best-seller ! La survie est en effet assurée si la victime est ventilée jusqu'à l'élimination complète du curare de l'organisme, ce qui laisse une fenêtre de tir assez étroite pour se fabriquer un alibi. En pratique, en service de réanimation, on prend un masque ordinaire et on ventile à la main en pressant sur le ballonnet par intermittence. Mais on peut aussi utiliser une machine automatique après avoir intubé le malade. Et pourquoi pas en effet la programmer sur une horloge qui coupe automatiquement l'alimentation à une heure donnée et laisse le gars s'étouffer à distance de son meurtrier. Mais là, une autopsie complémentaire pourra prouver l'intubation, car elle laisse nécessairement des traces sur les cordes vocales.

Le détective frappa dans son poing.

– Yes, enfin une bonne nouvelle !

Il sortit son téléphone portable et tapota nerveusement sur les petites touches, s'y reprenant à trois fois en jurant. Le commissaire répondit à la deuxième sonnerie et le laissa résumer son hypothèse jusqu'au bout.

– Vous pourrez avoir le mémo du docteur Michelozzi demain matin sur votre bureau. Aurez-vous suffisamment d'éléments pour obtenir une commission rogatoire du juge d'instruction et perquisitionner la villa ?

Pas fâché de tenir enfin une piste dans cette affaire, le policier s'y engagea.

– C'est d'accord, commissaire ? La propriété était bien sous scellés ? Alors, cherchez de la paraffine, de la vaseline, un sauna ou des médicaments qui activent la rubéfaction, un appareil respiratoire. Merci de me tenir au courant !

Il raccrocha et sortit une flasque à whisky de son imperméable.

– Ah, j'en ai le *bati-bati, vaï*[12]. Allez, docteur ! On va se taper la grappa de mon copain le berger de Saint-Étienne. Elle a juste un petit effet secondaire regrettable, elle rend aveugle au bout de trois verres. Mais c'est pas vos patients qui se plaindront des dérapages du scalpel, pas vrai ?

Restaurant Villa Corléone, boulevard Victor-Hugo, Nice
11 janvier, 12 h 55

Le petit nerveux de service, portant costume noir et lunettes assorties, s'en grillait une devant la Lamborghini Gallardo *superleggera,* un monstre aux lignes racées garée le long de la devanture vitrée. Le ton était donné.

– *Prego, signore.*

Après une discrète fouille, le Libanais fut introduit dans la pièce lumineuse aux murs ocres qui évoquait le sud de l'Italie. Face à la porte, un malfaisant au front bas et aux sourcils drus était attablé devant une énorme assiette de linguine, des pâtes aux fruits de mer cuites à l'étouffée. La grande bavette qu'il portait autour du cou pour éviter de se tacher partait quasiment à l'horizontale tant l'arme de poing qu'il dissimulait dessous était volumineuse. Il le dévisagea un instant, puis, sans cesser de mâcher, lui indiqua d'un signe de tête le fond de la salle du restaurant, où déjeunait son patron.

Fou de cuisine sicilienne, ce dernier avait réservé tout l'établissement, qu'il considérait comme le meilleur en ville dans sa spécialité insulaire. Affable et passionné, le chef-propriétaire avait tout d'abord été un peu inquiet, quelques instants auparavant, d'accueillir pour seuls clients cet étrange trio. Mais, vite séduit par la culture gastronomique de son unique client, il était en grande discussion avec lui, comparant les mérites respectifs des ingrédients de l'île. Il s'éclipsa en cuisine à l'arrivée du visiteur. Une musique de chambre mélodieuse s'écoulait des haut-parleurs. L'homme seul à table haussa le ton.

– Oh, *cameriere*[13], vous pouvez baisser ? J'ai horreur du son du clavecin. Avec sa petite voix, c'est du piano sans les *coglioni*[14] !

La vulgarité du propos rocailleux tranchait curieusement avec la mise soignée de l'homme au costume de bon faiseur et aux lunettes à fines montures d'acier. Tout en s'avançant vers lui, l'Oriental le détaillait. Un seigneur à l'ancienne. Un profil de condottiere en lame de couteau, accentué par des cheveux gominés ramenés à l'arrière d'un grand front intelligent. Un seul détail détonnait dans ce look de trader de la City : l'auriculaire de la main gauche tranché, signature d'un premier avertissement consécutif à un échec dans le passé. Il n'y en avait visiblement pas eu de second.

Victor Charaf s'assit sur le siège qui lui était désigné, fixé par un œil noir immobile. Celui de Beppe Cuttugno, originaire du clan de San Luca et bras droit du *capo dei capi*[15] de la 'Ndrangheta, l'organisation mafieuse qui régnait sur le Mezzogiorno. Le parrain avait profité de devoir régler quelques conflits de circuits de distribution pour passer le *capo d'anno*[16] en famille sur la Côte d'Azur. Les *'Ndrine*[17] calabraises avaient depuis longtemps commencé à reconvertir leur trésor de guerre dans des activités régulières en Europe, portefeuilles boursiers, chaînes d'hôtels ou résidences de vacances, ce qui expliquait en partie l'uniforme cravaté de l'Italien. Il se chuchotait même qu'elles avaient raflé un bon paquet d'actions de Gazprom, le géant russe récemment privatisé. Si le chiffre d'affaires des mafias italiennes représentait bien 7 % du PIB de la Péninsule, cela faisait, en effet, un joli pactole à placer…

Il achevait son hors-d'œuvre d'*antipasti* confits et commanda d'autorité pour deux des *bucatini con sarde,* ces gros spaghettis troués, safranés au fenouil sauvage et aux sardines.

– Vous allez adorer, signor Charaf. La cuisine de Sicile est à la croisée de toutes les influences des marins qui l'ont occupée durant des siècles. Vous y trouverez les viandes mijotées des Normands, les épices des Arabes, le safran des Espagnols et le marsala des Anglais, qui y ont importé les techniques de vinification et de vendange tardive de Porto.

Le patron avait remplacé la musique par la télévision. Les actualités débutaient précisément sur le non-lieu dont avait bénéficié le matin même le parrain supposé de Palerme, à l'issue d'un procès retentissant. Tandis qu'en voix off l'avocat des dizaines de victimes patentées, qui s'étaient portées partie civile, commentait avec véhémence l'incroyable décision de la Cour, l'image se cadra sur le fronton du palais de justice où se lisait l'inscription « *La legge è uguale per tutti*[18] ».

Beppe Cuttugno ricana d'un air satisfait.

– *Ma per qualcuno lo è meno che per altri !*[19]

L'arrivée du maître d'hôtel apportant les plats l'interrompit. Le chef leur suggéra d'arroser le repas d'un *Nuhar*[20], leur vantant les mérites de ce mélange de deux robustes cépages, le pinot noir et le *nero d'avola* plantés par les Arabes sur la côte orientale.

– *Grazie mille, Natale, tutt'a posto !*[21]

Le Phénicien prit enfin la parole. Un quart d'heure plus tard, il concluait devant le parrain, qui allumait cigarette sur cigarette, tendu.

– Votre situation n'a jamais été aussi fragile, le vent tourne. Les efforts conjugués des gouvernements italien et américain vous ont porté de rudes coups. La Pieuvre a été décapitée avec les arrestations de Provenzano, après quarante-trois ans de cavale, de Lo Piccolo et des quatre-vingt-un gros bonnets du clan Gambino. Le pool anti-mafia redresse la tête. Du coup, votre principale source de revenus, l'extorsion de fonds, est en chute libre. Pour la première fois, des associations de commerçants anti-racket, comme Libero Futuro et Addiopizzo[22], recrutent à tour de bras. La Confindustria[23] exige de ses membres qu'ils ne paient plus les extorqueurs. Vos affaires stagnent. Vos trafics d'enfouissement illégal de déchets toxiques vous ont mis la population à dos, frappée dans la santé de ses propres enfants. Même les politiques à votre solde ne peuvent plus vous soutenir. La consommation d'héroïne a cessé de progresser. Vous vous entre-déchirez de façon absurde dans des vendetta interminables. Depuis l'opération « mains propres » et la possibilité offerte par le Code pénal de confisquer les biens d'un condamné pour « association de type mafieux », vos chefs ont dû fuir la Péninsule. Beaucoup d'entre vous se sont réfugiés ici, sur la Côte d'Azur. Je vous propose qu'elle soit dorénavant votre principal terrain de jeux.

– Comment ?

– En devenant les rois de la cocaïne en Europe, où la demande explose maintenant que les narco-trafiquants colombiens ont inondé le marché américain. On ne lutte pas contre des gens qui ont exécuté de sang-froid plus de 100 000 personnes, on compose avec eux. Je sais de source sûre que le cartel del Norte del Valle, qui fournit 70 % de la poudre, cherche un circuit de distribution fiable pour accroître son monopole. Repositionnez-vous sur ce créneau. Chaque nuit, on consomme sur notre continent autant de kilomètres de rails de coke que le TGV Sud-Est en compte sur sa ligne…

En guise de dessert, le serveur leur apporta des cannolo, des biscuits fourrés à la ricotta de brebis sucrée, aux pépites de chocolat et aux raisins confits.

– Vous avez une occasion en or de reprendre la main en vous imposant aux Sud-Américains comme leurs distributeurs exclusifs sur l'Europe. La Côte serait une vitrine de votre savoir-faire. Je vous propose de nous rejoindre sur la *mega truffa*[24] du siècle.

L'Italien répliqua, un peu sonné :

– Je convaincrai notre chef de se rendre à votre invitation, monsieur Charaf. La coke, ça me plaît. On va faire parler la poudre...

Le *capo* était un conservateur et aimait maintenir les rituels. Il lui asséna une accolade qui ressemblait étrangement au baiser de la mort désignant un condamné à la vindicte de son clan. J'étreins mon ennemi, c'est pour mieux l'étouffer… Une différence subtile dans le geste et le regard entendu des deux anthropopithèques de l'entrée fit sentir à Charaf qu'il n'en était qu'au stade de la menace voilée.

Le Libanais sortit du restaurant et frissonna, malgré la relative douceur de la journée. Il avait signé des contrats plus légers. Mais l'appui de la 'Ndrangheta était déterminant. Par la force des liens du sang, ses membres étaient imperméables aux infiltrations policières. Et son *capo dei capi,* Don Adriano Schiavone, fort du soutien des cent cinquante *cosche* – les clans familiaux – siégeait à la Coupole, l'organe de direction suprême des mafias siciliennes au sein de laquelle il bénéficiait d'une influence totale. Les autres le suivraient, ne serait-ce que pour ne pas le laisser profiter seul d'une telle aubaine. Il les aurait bientôt tous à sa table : la Cosa Nostra sicilienne, la Nuova Camorra Organizzata, la Nuova Famiglia… Il allait disposer de moyens financiers et logistiques jamais réunis à ce jour. La partie allait vraiment commencer. La boule tournait, les dés étaient jetés, c'était l'instant où le joueur ressent la plus grande jouissance…

Quitte ou double, tout sur le rouge, rien ne va plus !

Malongo Café, avenue Jean-Médecin, Nice
14 janvier, 17 h 12

« Jean-Médecin. » La porte du tramway s'ouvrit silencieusement, tandis que le jingle guilleret du compositeur Michel Redolfi se taisait. Garri descendit sur le trottoir devant Nice Étoile. Lorsque l'élégante rame profilée eut redémarré, il traversa la voie en direction de l'église tarabiscotée, réplique miniature de Notre-Dame-de-Paris. Le lieu de son rendez-vous en faisait l'angle, offrant aux passants une vitrine colorée d'où s'échappait un fumet de café grillé. Il entra dans la salle lumineuse, longeant une pyramide de machines à café aux formes bioniques et des bocaux de verre ventrus proposant leurs grains à moudre. Il adorait venir se plonger dans cette atmosphère au goût du chocolat à l'ancienne que lui préparait sa grand-mère lorsqu'il rentrait de l'école. Et puis, le sol de bois brut, les sacs de jute, les pots argentés emplis de thés fins parfumés le transportaient vers un ailleurs lointain qui le faisait rêver. Ces montagnes d'Amérique du Sud, où les courageux pionniers du commerce équitable menaient un combat quotidien pour préserver la solidarité des agriculteurs face aux prédateurs des grandes sociétés agro-alimentaires. En savourant des cafés au label Max Havelaar, Garri avait la sensation de joindre l'utile à l'agréable. Cette dégustation se doublait d'un acte citoyen, jouant le partage contre le profit.

Pascal l'attendait à une table. Râblé, le regard clair et la poigne tonique, il était l'un de ces obscurs serviteurs de l'État

qui risquent quotidiennement leur vie, animés par la conviction de protéger leurs concitoyens du Mal. Le Niçois avait sympathisé au cours de sa précédente enquête avec cet officier de police de talent, un gavroche né dans le neuf-trois. Se faire menoter sans ménagement, ça crée des liens…
L'efficacité dont il avait fait preuve lui avait valu une rapide promotion et il assurait dorénavant le commandement de la brigade criminelle de Nice.

– Tu es en retard, où étais-tu ?

– Chez Sucette.

– Mais y'a que le *trambalan*[25] qui lui soit pas passé dessus !

– Justement, la position horizontale, ça pousse aux confidences. Elle est le meilleur institut de sondage de toute la région.
Ce n'était pas son vrai nom, mais c'était sa vraie spécialité et c'est tout ce qu'on lui demandait. Une fleur de bitume qui n'était déjà plus cotée à l'argus lorsqu'elle arpentait la rue de France sous le règne du président René Coty. Une hygiène buccale approximative avait eu prématurément raison de sa dentition. Mais son orientation professionnelle avait vite transformé ce défaut en qualité et elle avait acquis une réputation méritée en ayant soulagé les tensions de trois générations de Niçois. Dernière native du quartier qui résistait encore et toujours aux envahisseuses roumaines, ghanéennes ou brésiliennes, elle s'activait de son mieux à emboucher les trompettes de la renommée pour contrarier cette concurrence étrangère. Elle conservait de ce fait un fonds de commerce de fidèles clients, qui considéraient l'appel à ses services comme un acte de résistance du terroir. Et prenaient plaisir, dans son petit studio de la place Grimaldi qui sentait l'encaustique et le lavandin, à échanger ensuite des nouvelles sur les enfants. Ça vous avait des airs de tranquillité petite-bourgeoise qui changeait des coups de freins sur la Prom' et des étreintes à la sauvette dans les jardinets riverains, sur un

sol jonché des remords de latex humide du client précédent. Sucette, c'était la vieille école. Elle n'avait jamais touché aux euphorisants auxquels se raccrochaient ses jeunes concurrentes. La seule drogue dure qu'elle s'autorisait était un beignet de fleur de courgette après la messe dominicale à la cathédrale Sainte-Réparate.

La serveuse s'approcha et suggéra la spécialité, le *caffè latte*, un expresso recouvert de lait chaud et d'une mousse de lait, avec du sirop amaretto, pain d'épice ou caramel.

– Et pour vous, monsieur Gasiglia, toujours du commerce équitable ? Vous avez raison, c'est le seul à être servi à la garden-party de l'Élysée depuis des années ! Alors, en petit producteur, je vous recommande l'Haïtian Blue. Il associe douceur, fruité et vivacité, avec des notes aromatiques complexes : à la fois boisé, floral et épicé. Un doigt de lait ?

– Non. Moi, je boirai du lait quand les vaches mangeront du raisin !

La jeune femme s'éloigna. Pascal trépignait.

– Bon, alors, qu'est-ce qu'elle t'a appris, la vieille ?

– Je piste la Roumaine. Tu sais, la veuve du milliardaire américain assassiné à Cap-d'Ail. Elle avait brouillé les pistes de sa biographie officielle, probablement pour égarer les enquêtes que la Sûreté monégasque menait sur certaines habituées des cercles de jeux. Eh ben, la mère Sucette, avec son air con et sa vue basse, elle a investigué dans son milieu et, au risque de te vexer, elle a fait mieux que les limiers de la Mondaine. Le businessman divorcé était tombé amoureux de la fille en la voyant onduler sur l'estrade d'une présentation de haute couture, l'année dernière chez des amis, à Ibiza. Pour le vieux mormon, ça a été le coup de foudre. Il l'a épousée dans la foulée. Elle émargeait à l'époque sur le catalogue d'une agence de mannequins, Exclusive Top, spécialisée dans les défilés privés où aucun photographe n'était admis. Une boîte à la discrétion de mise, promue uniquement de bouche à oreille parmi la jet-set et le show-biz.

– En effet, jamais entendu parler, reconnut Pascal. Mais pourquoi avoir supprimé cette info de sa bio officielle ?

– Parce que la plupart de ces mannequins sont probablement des transfuges des célèbres « brigades roses ».

– Les chasseuses de dots qui s'étaient éparpillées dans toute l'Europe il y a quelques années ?

– Tout juste, Auguste ! Juste après que vous avez démantelé le réseau de call-girls de luxe qui officiaient sur les yachts et les villas privées lors du Grand Prix de Monaco et du Festival de Cannes.

– Je pensais qu'elles continuaient à exercer leurs talents dans les pays de l'Est ? On a suivi la trace de certaines en Serbie, les *sponzoruse*[26].

– Absolument. Ces nanas ont traîné une réputation sulfureuse dans toutes les capitales et les stations thermales où la concentration de milliardaires cacochymes était la plus dense. Elles les choisissaient bien mûrs, de préférence presque blets, se faisaient épouser et héritaient rapidement. L'une d'entre elles est maintenant à la tête d'un empire hôtelier de l'autre côté de l'Oural. La presse l'avait surnommée la Paris Hilton russe. Sa plastique était à l'unisson, bien qu'à la différence de la bimbo américaine elle n'avait pas hérité de ses parents, mais d'un mari si vieux qu'on le ramassait à l'éponge. Les procès des familles déshéritées ont commencé, les rumeurs les ont rattrapées et elles se sont retrouvées aux abois. Or, un *novarich*[27], dénicheur de beaux petits lots, avait fait fortune en organisant les premiers concours-découverte de jeunes mannequins russes pour le compte de l'agence Élite. Evgueny Sergueïévitch Scriabine s'est retrouvé leader de l'export des beautés slaves dans le monde entier. Il a ensuite revendu son affaire, un vrai pactole. Il a quitté la Russie et vit maintenant à Londongrad[28].

Interpol le soupçonne d'être devenu le patron de la division « chair fraîche » des *Vori V'zakone*[29] en Europe. C'est lui qui a recontacté les filles et leur a proposé de leur rendre une virginité, virtuelle bien entendu. Alléchées par des contrats mirobolants, la plupart l'auraient rejoint pour constituer le premier fonds du catalogue d'Exclusive Top. Plastiques impeccables, chorégraphies nickel, mises en scène somptueuses, cours de nutrition, de cosmétologie et de naturopathie, attitudes des filles sans équivoque en public, on s'arrache leurs prestations dans le beau monde. Après la présentation des collections en privé, une fois les portes refermées, qu'on y défile ou qu'on s'y enfile, cela se passe entre adultes consentants. Il n'y a pas racolage, la Mondaine n'en a rien à secouer. Des rumeurs persistantes qualifient cependant la société de véritable agence matrimoniale, qui récupère par contrats un bon pourcentage des gains réalisés par les filles, une fois leur union officialisée. Tu n'imagines pas le nombre de jeunes comtesses allemandes issues des bars à matelots des docks de Hambourg. Alors, si tu pouvais savoir où se trouve Exclusive Top, ce serait tip. Mon petit doigt me dit qu'elle sévit dans la région. De toute façon, tu me dois bien ça, pour m'avoir coincé en garde à vue sans raison l'année dernière. Après, on sera quittes. Oh, pourquoi tu fais cette gueule de chikungunya ?

– Tu es un vrai serial casse-burnes, Garri ! Tu sais très bien que je ne peux rien te refuser.

– Tu parles, Charles. Tu préfères surtout pister des meufs moulées à la louche plutôt que courser des pickpockets déjantés dans des rades glauques !

Salle des pas perdus, palais de justice, Grasse
17 janvier, 11 h 04

Par-delà les baies vitrées de la rotonde dessinée par Christian de Portzamparc, quelques platanes semblaient vouloir agripper de leurs branches crochues un ciel où roulaient de sombres nuages. Van Campenhout sortait d'une déposition et arpentait la salle, tapotant le clavier de son mobile. À voir son costume aussi chiffonné que son visage, on eût pu croire que son pressing avait fermé l'année du dernier tube de Gloria Lasso.

– GG ? Bonne nouvelle ! Sur la base de vos soupçons, le juge nous a autorisés à perquisitionner la villa de l'Américain hier. Vous avez des dons de médium, mon vieux. Mettez-vous un turban sur la tête et investissez dans une boule de cristal. La villa est équipée d'un sauna, on a retrouvé un produit pour soulager les rhumatismes et de la vaseline dans la table de nuit, et surtout, à la cave, la pièce à conviction imparable : un Physio-tech, appareil à ventilation portatif, raccordé à une bouteille d'oxygène aux trois quarts vide et dont le câble d'alimentation était encore relié à un minuteur programmé sur cinquante-cinq minutes… J'ai obtenu du juge une exhumation et une autopsie du macchabée. Le légiste a retrouvé des traces d'irritation au fond de sa gorge, dues au tuyau, et l'ADN de la salive sur l'embout confirme que c'est bien lui qui a été intubé.

– Oh, *atchidenté* !

– Attendez, ça n'est pas tout. Le toubib m'a précisé un élément qui donne une caution scientifique à votre hypothèse. L'empoisonnement au curare entraîne une baisse rapide de la température corporelle. Or, il a pu établir que l'hypothermie a précédé la mort de près d'une heure.

– Vous avez serré la veuve éplorée ?

– Malheureusement, non, elle était partie voir sa famille en Roumanie. J'ai obtenu cependant un mandat d'arrêt international à son encontre.

Garri lui expliqua rapidement ce qu'il savait des origines de la meurtrière supposée.

– Elle n'est pas seule, commissaire. Elle appartient à un réseau. Vous devriez investiguer là-dessus.

– Il me faudrait la déposition de cette... euh... Sucette ? C'est bien ça ?

– Affirmatif.

– Nous allons fouiller le fichier des cas de décès dus à une administration avérée de curare, ces dernières années.

– Et l'étendre au monde entier ?

– Ne me prêtez tout de même pas davantage de pouvoirs que je n'en ai. On en est encore au stade des hypothèses, je n'ai pas les moyens juridiques de solliciter Interpol, grinça le policier pour signifier qu'il mettait fin à l'entretien.

Garri se mordit les lèvres d'être allé un peu trop loin. Malgré ses qualités, le commissaire était une tête de cochon, un bon ch'ti bien buté, capable de s'enterrer dans la glaise s'il était contrarié. À l'heure où l'on avait besoin d'un papillon qui butine les prairies du monde entier. Même si elles exhalaient plutôt un parfum de décharge...

Bassin Lympia, quai des Deux-Emmanuel, Nice
19 janvier, 14 h 17

Un doux clapotis faisait tanguer les bateaux, tandis qu'un ferry jaune et blanc manœuvrait pour placer son étrave face au large, direction l'île de Beauté. Le deuxième port européen pour ses liaisons avec la Corse connaissait toujours une activité soutenue, même en arrière-saison.

« *Toujou ieu canterai la miéu ritournella, viva, viva Nissa la bella*[30]. » Dans la plus pure tradition de la mère Barale, l'hymne niçois concluait un bon repas, entonné par quelques voix que les vapeurs d'alcool embrumaient légèrement. Le long du quai, le petit caïque en bois vernissé tirait doucement sur ses cordages en grinçant.

– Allez, file-moi un *chicou*[31] de Bellet, *vaï* !

Autour de la grande table vissée sur la dunette arrière, quelques solides gaillards achevaient de sacrifier à un rituel. Chaque année à la même époque, Garri mettait un point d'honneur à inviter ses meilleurs copains pour déguster la première poutine. La pêche de ces alevins de sardine était la fierté du comté de Nice. Une exception halieutique accordée au territoire par un décret impérial de Napoléon III, après une revendication musclée des habitants pour conserver le bénéfice de ce privilège que leur avaient accordé les rois sardes. Même les technocrates de Bruxelles avaient dû reculer devant la détermination du cru. Et ce matin, Gilbert le pêcheur, engoncé dans sa salopette de ciré jaune, était venu accoster son pointu pour lui en apporter un plein seau, pêché la nuit même au lamparo[32] et à l'épuisette dans la baie des Anges. Garri s'était essayé à la fameuse recette de l'omelette à la poutine de Nicole Rubi, mais en la garnissant « façon le Dgé » d'herbes et de tomates confites. Certes, l'ordre du jour officiel – évoquer le thème de la prochaine édition de « Lou Festin dou Pouort », la grande fête populaire du port à la fin de l'été – avait été un peu malmené par le rosé frais des coteaux niçois qui l'avait accompagné. Les convives étaient déjà sur le quai, se faisant leurs adieux face à la poupe.

– Au fait, GG, pourquoi tu l'as appelé *Slapette*, ton bateau ?

– Parce que, quand je me suis amarré pour la première fois dans le port, j'ai entendu un gamin sur le quai dire à son pote : « T'as vu comment qu'y s'la pète, çui-là, avec son bateau zarbi ? »

Ils rirent de bon cœur en s'éloignant. Le dernier d'entre eux, le chef d'exploitation du port, quittait la passerelle.

– Dis donc, Garri, demain j'attends le *Pelorus*, le méga yacht de Roman Abramovich. Alors, sois gentil, le temps de son escale, enlève un peu tes slips kangourou qui sèchent sur le pont, ça marque mal quand on reçoit des milliardaires !

– T'en fais pas, Jean-Pierre, je sais me tenir avec les gens du monde, je ne me mettrai pas les doigts dans le nez !

Le détective soupira. Il avait toujours désiré vivre sur le port. C'est ici qu'il sentait battre le cœur de sa ville et qu'il vibrait d'évasions, humant cet air chargé d'iode. Il pénétra dans le carré qui occupait tout l'intérieur de la coque, le détournant en lieu de vie. Le loft flottant faisait de son mieux pour apporter une contribution définitive à la théorie du chaos : carton à pizza éventré, bouteille d'orangeade chimique renversée sur le plateau, ampoules grillées, post-it collés jusque sur les pieds de table, chaussettes sales étalées un peu partout, tas de magazines. Un archéologue eût pu découvrir des traces de civilisations du Paléolithique sur le plan de travail de la petite cuisine, tant il semblait recouvert d'un épais limon. Même Tajine, la chatte de la maison, pourtant experte à se lover dans un mouchoir de poche, ronchonnait de ne pouvoir trouver un endroit où s'étaler. Garri fouillait nerveusement la couche du Mésozoïque qui tapissait la banquette.

– Je trouve plus les clés du placard !

Une gueule d'ange aux longs cheveux noirs émergea de la salle de bains qui occupait la proue du navire.

– Tu les avais mises où ?

Il leva les yeux au ciel en soupirant : « Elle est mignonne ! » Salomé s'approcha de lui, avec la souplesse d'un félin, vêtue de sa candeur et d'un long tee-shirt. Ses formes épanouies se devinaient sous le coton blanc qui la moulait jusqu'au ras des fesses. Elle avait des yeux d'un bleu lagon, des idées généreuses et des manières de fée. De plus, elle avait bon cœur et n'était pas avare de ce muscle-là. Enfin, elle alignait un bagage impressionnant pour son âge. Brillante universitaire, elle était l'une des plus jeunes maîtres de recherche du CNRS. Mais son militantisme écologiste la menait toujours aux quatre coins du monde avec Greenpeace. Elle revenait du Mexique, où elle tremblait encore d'excitation d'avoir rencontré Francisco Van der Hoff, le prêtre-ouvrier inventeur du commerce équitable. Elle s'attachait en ce moment à démêler l'imposture des multinationales, qui semaient la confusion en s'engouffrant dans ce créneau et en proposant des labels « éthiques » prétendument issus d'une agriculture durable.

Garri avait laissé tomber leur lieu de rendez-vous habituel – une maison d'hôtes de charme de La Colle-sur-Loup, qui répondait au nom évocateur de Un ange passe… – pour lui faire les honneurs de sa nouvelle acquisition. Et vu l'ardeur avec laquelle elle avait fêté leurs retrouvailles cette première nuit, elle se sentait une âme de navigatrice…

– Au fait, Garri, tu connais la Revère ?

– Le fort désaffecté de la ligne Maginot, au-dessus d'Èze ?

– Exactement. Tu sais que le conseil général et la Fondation Nicolas-Hulot vont en faire un pôle exemplaire d'éducation en matière de développement durable ?

– Bien sûr. Pourquoi, tu es sur le coup ?

– Eh oui, mon cher. Tu as devant toi la responsable du département marine !

– Mais ça va te faire un paquet d'aller-retour depuis Paris !

– Non, je pourrai justement m'en occuper parce que je viens d'être mutée à l'observatoire océanologique de Villefranche-sur-Mer.

Sa hiérarchie avait enfin compris que, pour fidéliser cet élément de choc, mieux valait la rapprocher de son terrain de combat pour la planète. Le détective resta muet.

– Dis donc, Dgé, tu pourrais dissimuler ton enthousiasme !

Devant son air gêné, elle éclata de rire et lui martela le dos de ses petits poings serrés, simulant la colère.

– Tu sais, quand je suis absente, je ne suis absolument pas dupe de tes plans avec des greluches siliconées aux lèvres de mérou et aux airbags XXL. C'est juste… pathétique.

– J'y peux rien, c'est comme une sale bête qui me ronge de l'intérieur. Mais, rassure-toi, c'est simplement d'ordre sexuel.

Elle lui asséna une tape derrière le crâne en riant.

– T'es un salaud, Gasiglia, mais je t'aime bien !

Il l'appréciait pour ce côté autonome. Et l'éloignement était un révélateur supplémentaire. Il agissait comme ces souffles qui étouffent les flammèches des médiocres liaisons et attisent les braises des passions. Malgré les aventures multiples du détective, Salomé était son point d'ancrage dans la tempête. Depuis leur rencontre mouvementée, lors de sa précédente mission, ces deux-là avaient forgé dans le danger partagé un couple informel dont ils ne réalisaient pas eux-mêmes la solidité. Il fut saisi d'une nouvelle bouffée de désir pour cette passionaria de la vie. Les vapeurs du rosé aidant, il la retourna soudain sans transition, la plaqua contre la paroi et empoigna ses seins lourds en grognant. Elle tenta de se débattre.

– Arrête, je vais rater mon avion !

Fou de désir, il la maintenait serrée contre lui, excité par cette résistance inopinée. Il se déboutonna. Puis il tira ses longs cheveux d'une main et arrima sa prise de l'autre en crochant sa hanche élastique, cherchant à la soumettre.

Les cris de Salomé se muèrent bientôt en gémissements et ses ruades en longues ondulations du bassin. Sous les coups de boutoir de son amant, elle griffa la paroi de bois, prononçant des mots incohérents, avide, jamais rassasiée. Ils s'épousèrent ainsi sauvagement durant un temps qui leur parut infini et leurs corps exultèrent enfin à l'unisson, parcourus de tressaillements émerveillés. Ils restèrent mêlés plusieurs minutes, soufflant comme des forges. Salomé fut prise d'un inextinguible fou rire. Garri s'ébroua. « Attention, mon vieux, tu commences à sombrer dans l'addiction… »

Tandis qu'elle se rhabillait en vitesse, le téléphone sonna. C'était Van Campenhout, fébrile comme une purge.

– Nous avons identifié un cas d'arrêt cardiaque et respiratoire, un ingénieur d'Arianespace, il y a trois ans en Guyane. Son épouse était une indienne du Surinam, une Messaline tropicale qui a défrayé les chroniques tribales avec pas mal de divorces à son actif. Une femme magnifique, les cheveux jusqu'aux reins, surnommée « la Matapau », cette liane de la forêt amazonienne qui s'agrippe aux hommes et les étouffe à petit feu… Il l'a couchée sur son testament et a décanillé vite fait. Les soupçons ont porté sur elle, car la mère était une vieille chamane du Rio, une tribu de Guaranis qui n'ignorait rien des dosages de curare. On ne tue pas un perroquet avec

la même dose qu'un grand singe… Mais l'autopsie de l'ingénieur n'a rien donné. L'Indienne a bénéficié d'un non-lieu, elle a été relâchée faute de preuves et serait partie en France.
Salomé agrafait son soutien-gorge. Elle chuchota :

– Regarde-moi dans les yeux. J'ai dit : les yeux !

Il vit se dissimuler les deux globes charnus avec regret. Le téléphone grésilla.

– Garri, je vous sens pas, là.

– Je prends simplement congé de quelqu'un.

– Ah, j'en étais sûr ! Vous avez décidément le cervelet branché direct sur les gonades, vous !

La jeune femme mit un doigt sur ses lèvres, « chuuut », puis lui grignota le lobe de l'oreille. Il effleura son avant-bras, troublé, perpétuellement électrisé par la texture de sa peau et les fragrances de son épiderme. Il comprit qu'elle théâtralisait la mise en scène de leur au revoir pour le faire patienter jusqu'à la rencontre suivante. La porte claqua et la passerelle grinça. Garri se reprit, soudain dégrisé.

– Qu'est devenue « la Matapau », commissaire ?

– On a perdu sa trace. La brigade mondaine bruit en revanche de rumeurs signalant qu'une maison close de luxe a ouvert sur la Côte d'Azur et que la mère maquerelle qui sélectionne les filles est une Indienne de nationalité hollandaise, la reine des massages aphrodisiaques, paraît-il. C'est peut-être une coïncidence, mais le soupçon se précise… Pour ma part, je n'ai aucun mandat contre elle. Que comptez-vous faire ?

– Un peu de cosmétologie, répondit Garri d'un air entendu.

Rue Pierre-Sémard, dite rue du Canon, Toulon
19 janvier, 18 h 51

Une pluie fine se mit à tomber. Un vent glacé s'engouffrait dans les ruelles étroites, inclinant les gouttes à l'horizontale comme autant d'aiguilles mordant les visages. Par l'ouverture d'une épicerie, des néons fatigués éclairaient les poubelles vomissant leurs restes de kebabs à la graisse figée, rongés de cafards. Des vendeurs à la sauvette récupéraient hâtivement leurs radiocassettes hors d'usage, canapés éventrés, bassines en plastique multicolores, câbles antédiluviens et lots de chaînes hi-fi chinoises « tombées du camion ». D'une vitre brisée, la scie d'une petite musique à base de fifre, tambourin et darbouka prenait les oreilles des rares passants en otage. Debout derrière une chaise dépaillée, un coiffeur en plein air achevait de raser un crâne déjà dégoulinant sous toute une misère à repriser, supposée sécher aux fenêtres de l'étage délabré. Quelques groupes d'hommes épars fumaient en silence, d'un air résigné. Cela sentait la saleté et l'abdication.
Depuis que Mémé Guerini, Francis le Belge, Dédé la Boulange et Jean-Louis « le Grand » Fargette, les caïds de la pègre locale, avaient définitivement quitté les lieux, Le Petit Chicago était devenu La Médina. Le Libanais contourna une échoppe de taxiphone pour le Maghreb, dépassa un groupe de jeunes en survêts encapuchonnés qui se refourguaient des morceaux de résine dealés à la cité Berthe, et arriva sur une placette. Le sol était parsemé d'étrons humains qui semblaient y pousser

comme champignons après la pluie. Avançant avec précaution sur ce terrain miné, il avisa une devanture maculée, sous l'enseigne Chez Ali, « casse-crout' tunizien à tout' heur ». L'éclat des lampadaires pisseux se diffusait sur les vitres ruisselantes du rade en petites éclaboussures arc-en-ciel. Dans la pièce sombre, quelques gagneuses au rimmel dégoulinant buvaient, accoudées au bar, les reins harassés par une journée d'abattage sordide dans des cabanes de chantier. Il flottait dans l'air comme une ambiance délétère de vidange de roustons. Un gros moustachu essuyait des verres à moutarde à l'aide d'un torchon douteux, qui exhalait un délicat fumet d'urine de chat.

– Je viens de la part de M. Chow Xuejian.

Le patron des triades avait de l'entregent, car le barman le fit respectueusement pénétrer dans la pièce suivante. Les parfums lourds d'une sauce aux épices l'accueillirent, mêlés aux glandes sudoripares qui s'oublient. L'extraction asthmatique, recouverte d'une épaisse couche de graisse déposée par la cuisson de dix années de couscous-merguez, avait depuis longtemps abandonné l'idée de recycler cet air vicié. Une ampoule faiblarde pendait du plafond, diffusant un halo anémié qui n'avait d'autre intérêt que de dissimuler les taches d'humidité auréolant les murs décrépis. Chaises décaties, toiles cirées huileuses et posters d'Oum Kalsoum, Philippe Starck n'était visiblement pas libre quand on l'avait contacté pour la déco.

Un homme âgé aux cheveux blancs clairsemés entra par une porte dérobée, un 38 Special Smith & Wesson glissé dans la ceinture arrière, à la mode corse. Le très redouté Çiltërim Preljocaj, Kosovar d'origine albanaise, avait été l'exécuteur des basses œuvres de la Sécurité pour Enver Hojda, le maître de Tirana sous sa période stalinienne. Sa mère avait été tabassée par des miliciens serbes alors qu'elle était enceinte. Il lui en restait une petite taille – 1,58 m au garrot – et une gueule d'inachevé que nul chirurgien n'eût pu améliorer. Ce qui lui valait son sobriquet de le Plus-Bref-des-Laids. Ses géniteurs avaient bien assuré la livraison, mais visiblement négligé l'après-vente. Il esquissa un sourire contraint, laissant apparaître quelques chicots noirâtres qui n'avaient pas dû connaître une brosse à dents depuis l'indépendance de Priština. Poursuivi par le Tribunal pénal international pour un nombre impressionnant de chefs d'inculpation – dont crimes contre l'humanité et violations des droits et coutumes de guerre n'étaient pas les moindres – il vivait en France dans la clandestinité, à la tête de ses anciens commandos de l'UÇK[33], tous proscrits et condamnés par contumace à la peine maximum.

– Du calme, Virgil, c'est un ami !

L'homme qui venait de les rejoindre rengaina son couteau papillon. Un petit vicieux à la gueule cassée par un éclat d'obus, le front creusé, le nez ébréché, l'œil vitreux. À son prénom et à sa boucle d'oreille, Charaf reconnut le lieutenant de l'Albanais, un Tzigane blessé par les frappes aériennes de l'OTAN durant la guerre. Le visage secoué de tics, aussi frappé qu'un magnum de Cristal Roederer au Crillon, le Gitan s'était fait une spécialité incontestée du recouvrement de prêts à gages à taux usuraires, auprès de joueurs surendettés. Certes, sa carrière déplorait quelques dents brisées et genoux estropiés à vie, mais il arrivait toujours à ses fins. Même si son français était approximatif, la lame qu'il agitait sous le nez des débiteurs de ses employeurs conférait à ses requêtes un pouvoir de conviction que lui auraient envié bon nombre de ténors du barreau. Il s'adossa au mur, se faisant les ongles avec son navaja à la lame de Tolède effilée comme un rasoir. Il le faisait tourner entre ses doigts négligemment, comme un prestidigitateur avec ses cartes. Mais celles-ci étaient autrement biseautées. Ce type nourrissait une haine tenace pour tous les *gadjos*[34], à qui il en voulait de sa gueule de cauchemar.

Le Libanais rappela aux deux sbires leur situation : leur tête avait été mise à prix, à la fois par les Serbes et par les Kosovars. Devant les pressions exercées par l'ONU, même leur gouvernement allait les lâcher et leur retirer leurs passeports.

– Vous n'aurez plus nulle part où vous réfugier. Et vous savez très bien que votre petit business ici s'étiole. Plus de clients pour vos maisons d'abattage. La flotte française se réduit comme peau de chagrin, Brest a récupéré les submersibles, le petit commerce est mort. La belle époque où les tavernes à matelots regorgeaient de bagarres et de filles faciles est révolue. Maintenant, le quartier va virer au Marais parisien, c'est désormais certain. Les ruelles sont petit à petit transformées en déambulatoires aseptisés, voués à une opération de requalification urbaine. Bientôt, il n'y aura plus ici que des lofts pour bobos[35] et des boutiques branchées.

– Nos affaires marchent bien et nous sommes réglo, crâna l'Albanais. Pas d'abattage chez nous. Je suis un patron modèle, mes filles font toutes les trente-cinq heures. En trois jours, bien entendu. Mais ici, pas de cadences infernales. Fellation du matin, repos du vagin ; sodomie du soir, repos des mâchoires.

Le Libanais fusilla du regard le détraqué. Il sentit derrière lui que le Gitan n'attendait qu'un prétexte pour le suriner.

– Écoutez, Preljocaj, je me fous de votre business actuel, j'ai un marché à vous proposer. Devenir le service d'ordre officiel d'un consortium d'hommes d'affaires qui vont faire main basse sur l'est des Alpes-Maritimes. Ils ont besoin d'une milice efficace et disciplinée. Votre prix sera le nôtre.

Le Quasimodo arbora un large sourire en clavier de piano.

– Alors, ce sera le double !

Agence de mannequins Exclusive Top,
quartier Saint-Basile, Mougins
21 janvier, 21 h 43

Garri ralentit imperceptiblement en apercevant l'immense façade néoclassique de la maison de maître, qui arborait fièrement son escalier à double révolution. Toutes les fenêtres étaient closes et seuls des rais de lumière d'ambiance perçaient à travers la plupart des volets. Le parking était bondé de luxueuses limousines, dont quelques-unes aux plaques russes. Le détective alla se garer un peu plus loin, dans une ruelle discrète, puis se dirigea vers le portail de l'entrée des fournisseurs. Un gardien vêtu de noir lui barra le passage. Visiblement, le chaînon manquant entre le pithécanthrope et Cro-Magnon. Une grosse tête de brute vissée sur des épaules sans cou apparent, mâchoire prognathe, jambes et bras écartés genre sumo, l'inévitable oreillette greffée au conduit auriculaire.

– En quoi puis-je vous être utile ?

Rustique, mais stylé…

– Je souhaite entrer dans cet établissement.

– Désolé, c'est privé.

– Auriez-vous l'obligeance de monter votre sonotone ? Je me permets d'insister.

– Vous avez un mandat de perquisition, peut-être ? ricana le cercopithécoïde.

– Ouais, calibre 9 mm, répondit GG en le menaçant de son pistolet d'alarme, une réplique parfaite du Sig Sauer P228.

Habitué à ce que sa force de dissuasion suffise, l'autre roula des yeux effarés, choqué qu'au pays de Montesquieu l'esprit des lois soit traité avec tant de légèreté. Puis, il se ressaisit et bomba le torse d'un air crâne.

– Va y avoir distribution ?

– Disons que t'es suffisamment mal placé en ce moment dans la chaîne alimentaire pour faire le *cacou*[36].

Radar anti-intrusion et porte blindée pare-roquette prouvaient que le propriétaire des lieux n'avait pas vraiment la conscience tranquille. Sous la menace de l'arme, le vigile accepta de se menotter lui-même dans un réduit sans faire d'histoires. Le Niçois le bâillonna soigneusement, puis poursuivit sa progression. Il longea en se courbant une salle vitrée d'écrans de télésurveillance, dont le gardien de type mongol s'envoyait au goulot une grande rasade de vodka Kristall. Un redoutable alcool de contrebande qui le changeait agréablement de l'antigel, du détergent ou du parfum dont il devait s'abreuver dans ses immenses plaines... Il trouva l'entrée de service de la blanchisserie, où régnait un parfum d'adoucisseur, la traversa à la seule lueur d'une ampoule d'issue de secours et monta un étroit escalier de fer. En haut, une porte revêtue de l'inscription : *Zaprichino*[37] l'inspira et il la poussa.

Il reçut un choc. Il se trouvait dans une longue mezzanine circulaire, plongée dans la pénombre, d'où émergeaient les silhouettes de quelques hommes immobiles. Par-delà le miroir sans tain qui, du sol au plafond, en couvrait la partie intérieure, un immense salon rond reproduisait au sol la mappemonde. Le tracé de la découpe des continents était rehaussé par les meubles d'un intérieur bourgeois qui en épousaient les contours. Une délicate contribution aux cours de géographie, auxquels les spectateurs devaient s'intéresser en ce moment comme à leur première culbute. En effet, langoureusement allongées sur des canapés, assises les jambes croisées

dans de profonds fauteuils ou perchées sur de hauts tabourets de bar, une vingtaine de somptueuses femelles semblaient concourir pour la finale de Miss Univers.
Blonde diaphane aux attributs hypertrophiés s'offrant à l'emplacement de la Scandinavie, beurette en guêpière tapotant de son fouet le Haut Sahara, jeune Thaï déguisée en lycéenne perverse sur la Corne asiatique, latine plantureuse lovée sur le triangle d'Amérique du Sud ou panthère noire posant sans équivoque sur la savane équatoriale, elles étaient un vivant tableau de la libido masculine. Le plus troublant tenait à l'apparent conflit entre leurs corps dévoilés, aux attitudes plus que suggestives, et leurs visages parfaits de mannequins, au regard aussi hautain et inaccessible que celui qu'elles arboraient lors des défilés, dont on les devinait coutumières. Il émanait de ce mélange des genres des désinvoltures capiteuses.
Pascal avait fait du bon boulot, ses tuyaux étaient de première. L'agence de mannequins n'était qu'un prétexte et il se trouvait bien dans une maison close de haut vol, dont les coordonnées devaient se transmettre entre initiés. Fasciné par cette chair à l'encan, le détective parcourut à son tour le couloir incurvé, évitant quelques vieux messieurs distingués qui bavaient comme des gamins devant un étal de confiserie.
Il tomba en arrêt devant l'île de Madagascar, tel un chien truffier humant le diamant noir. Alanguie sur un sofa rouge sang, Miss Océan Indien était l'image même du syncrétisme de ces rivages bénis des dieux. Des lèvres charnues et une chute de reins vertigineuse trahissaient les côtes d'Afrique. La finesse des traits et la légèreté de la silhouette révélaient le sang chinois. Les immenses yeux verts et la somptueuse chevelure attestaient pour leur part quelque origine indienne. Sa poitrine, surtout, était une arme de destruction massive de la vertu masculine, qui eût dû être bannie par la convention de Genève : ferme, imposante, en forme de poire, ravageuse.

Imparable. Sa peau, enfin, née de la palette d'un artiste inspiré, offrait une teinte café au lait au grain d'ivoire, que l'éclairage ambiant perlait de satin. Un sarouel de soie fendu jusqu'au nombril était resserré sur ses hanches, les épousant de biais pour mieux en accentuer la courbure. Il en émergeait une interminable paire de jambes aux cuisses fermes, moulées dans une paire de leggings que prolongeaient de hauts escarpins reposant sur l'accoudoir.

Un bouquet de fleurs multicolores trônait sur la table basse. À l'usage qu'elle commença à simuler avec l'une d'elles, on reconnut des *sex toys*. L'invite avait visiblement émoustillé l'un des spectateurs car, à l'apparition d'un numéro sur un écran au mur, elle se leva et se dirigea d'une démarche chaloupée vers la porte qui l'avala. Garri soupira. Il allait encore devoir dormir sur la béquille… La silhouette du client présumé quitta la coursive par une porte dérobée. Le Niçois attendit un instant et l'emprunta à son tour. Elle donnait sur le couloir des chambres, où flottait une odeur de stupre. Il descendit à l'étage inférieur et tomba sur ce qu'il recherchait. Une première salle blanche carrelée ressemblait à un laboratoire classique de cosmétologie. Tous les artifices de séduction de l'éternel féminin, crèmes, poudres, huiles, sticks et onguents de marque s'y côtoyaient à profusion. Il la traversa prudemment à la lumière de sa lampe torche et pénétra dans un antre beaucoup plus rustique, qui trahissait la préparation d'aphrodisiaques à l'ancienne. Étagères de bocaux emplis de végétaux et de morceaux de batraciens, marmites de cuivre posées sur des cuisinières vétustes, colonnes à distillation… Il y a quelques siècles, la maîtresse des lieux aurait fini sur le bûcher. Une troisième petite pièce l'attira. Une senteur d'amande douceâtre en imprégnait l'atmosphère, caractéristique du curare d'origine végétale. Il comprit qu'il brûlait ! Des écorces de lianes tropicales reposaient dans un grand panier d'osier. À côté d'une gazinière et d'un évier, un récipient contenait un liquide épais et noirâtre à l'aspect inquiétant. Une rangée de petits pots de terre hermétiquement clos était alignée sur une étagère basse. Il devina dans la pénombre une armoire métallique scellée au mur, portant un panneau en caractères cyrilliques : *APASNA – YATH !*[38] Le Niçois n'entendait rien à la langue de Tchekhov, mais le pictogramme à tête de mort et tibias entrecroisés valait tous les dictionnaires. Il fractura facilement la serrure et choisit l'une des petites fioles emplies d'une pâte sombre, qu'il se hâta de glisser sous son blouson. Il revint sur ses pas, emprunta à nouveau le couloir, puis ouvrit la porte par laquelle il était entré. Le canon froid d'une arme de poing vint se presser contre son coccyx et une voix au fort accent slave lui intima :

– Si bouger une oreille, moi faire toi second trou du cul.

Celui dont la nature l'avait doté suffisait amplement à Garri et il se figea devant la promesse. Il tenta de bluffer.

– Écoutez, j'ai dû me tromper de porte et…

– *Zaknous !*[39]

Vu la couleur que son souffle aurait donné à un éthylomètre, le Niçois ne se risqua pas à le contrarier davantage. Pas question non plus de s'allumer une clope ou il aurait joué un mauvais remake de la prise d'Okinawa… L'automatique s'enfonça davantage dans ses reins et la porte se referma derrière eux. Le cerbère chuchota quelques mots rocailleux dans son micro d'épaule, appelant vraisemblablement ses collègues en renfort, et il le poussa vers l'escalier en colimaçon.

– *Davaï !*[40]

Buanderie de l'agence Exclusive Top, Mougins
21 janvier, 22 h 21

Le pistolet toujours vissé dans le dos, Garri déboucha dans la blanchisserie professionnelle qu'il avait traversée à l'aller. Devant le nombre de chambres dans la villa, il n'osa imaginer le taux de rotation des draps que cela supposait. Ils circulaient entre des dizaines de sous-vêtements affriolants, à l'image d'un stand de lingerie au salon Érotica. L'aveu, en tout cas, du véritable objet social de l'« agence de mannequins », le genre qui ne devait pas figurer dans les statuts déposés au tribunal de commerce. La salle était équipée de deux chaudières à vapeur en acier de trois mille litres chacune. L'attention du Niçois fut attirée par un message d'alerte peint sur la vanne d'un circuit de tuyauterie : Danger – Vapeur. Il se souvint des récits d'accident racontés par son grand-père, ingénieur en Lorraine, sur l'instabilité des chaudières alimentant les grosses machineries industrielles. Personne ne savait qu'il était là cette nuit ; il serait torturé, puis exécuté dans ce cul de basse-fosse. Il ne pouvait donc compter que sur lui-même. Saisissant discrètement son mouchoir dans sa poche, il s'en enroula la main.

– *Natchalnik*[41], cria sa nounou dans son dos.

– *Da, Piotr*, entendit-il du côté de l'entrée, tandis que des pas résonnaient dans le couloir d'accès.

Profitant de l'instant d'inattention du gorille, Garri arracha le tuyau souple de l'embout et dirigea le jet de vapeur sur son visage, résistant à la puissance de la pression.

– Aaaaaaaaaahhhh ! *Pederast !*
Le Russe tomba à genoux, ébouillanté. Il se tordait sur le sol, la peau brûlée au troisième degré, les poumons séchés, un gargouillis de petites bulles roses sur ses lèvres carbonisées. Il se figea soudain, contredisant ainsi le verset biblique selon lequel celui qui avait tué par le glaive périrait par le glaive.
Dans le couloir, les pas s'étaient transformés en course. « Le flingue ! » Il le chercha des yeux, se mit à quatre pattes. « Oh, pétan, je le crois pas. » Le Tokarev de son agresseur avait glissé sous les pieds de la cuve, hors d'atteinte.
Mû par son instinct de survie, son cerveau fonctionnait à toute vitesse. Il s'élança vers la seconde chaudière et arracha d'un coup sec les fils d'alimentation de la sécurité qui coupait le brûleur, en cas de surpression. L'autre allait débouler d'une seconde à l'autre. « *Madona,* la seconde sécu ! »
Il saisit le cadavre du moujik sous les épaules, le traîna au sol et réussit dans un effort surhumain à le déposer sur les soupapes, qui s'enfoncèrent, neutralisant leur rôle de régulateur. Il était temps, un homme armé débouchait du couloir en courant. Dissimulé derrière la cuve, le Niçois augmenta la pression de la chaudière au maximum. Le tueur se rapprochait. Fort heureusement, le nuage de vapeur fusant du tuyau arraché du premier circuit commençait à emplir la pièce, brouillant la vision. Il observait l'aiguille du manomètre de contrôle de la chaudière. Elle bougea imperceptiblement, puis se mit à monter. 15 bars, 16 bars…
– Piotr ? Piotr ?
L'aiguille poursuivait sa remontée inexorable vers la zone rouge. 17 bars, 18 bars… On commençait à ne plus rien distinguer dans la salle. À 20 bars, un klaxon se mit à hurler. La troisième sécurité. À 25, le report d'alarme de la pièce d'à côté, un énorme gyrophare orange, se mit à balayer la scène laiteuse. Quatrième et ultime avertissement avant l'apocalypse.

Une chaleur de four régnait maintenant dans le local. On n'y voyait plus rien. Le son entêtant de la sirène lui vrillait les tympans. Elle devait s'entendre jusqu'au village. Il se coucha au sol, que la brumisation n'avait pas encore atteint, et se mit à ramper vers la sortie qu'il devinait au loin. Il faillit se cogner avec horreur à une paire de rangers souples qui avançaient lentement et dut faire un détour pour être sûr de les éviter.

40, 41, 42… Il essayait de se remémorer ce que lui disait son aïeul, calculant mentalement le temps nécessaire pour sortir et la limite de pression admissible par une chaudière industrielle, en priant sainte Rita que l'acier tienne jusque-là.

48, 49… Il arriva dans le couloir et se précipita vers la sortie de service. La plus grande confusion régnait sur le parking clients, de l'autre côté du bâtiment. Des filles hurlaient, des portes claquaient, des véhicules démarraient sur les chapeaux de roue. Face à lui, sur le quai de livraison, le vigile qu'il avait menotté quelques instants auparavant était en grande conversation avec le télé-surveillant. Il piqua un sprint vers le fossé. Attiré par le mouvement, le garde l'avait reconnu et mis en joue.

– Stop ou je tire !

54, 55 bars… Dans un fracas de fin du monde, la chaudière sous pression explosa et fusa tel un missile, traversant quatre étages de plancher et perçant la structure métallique du toit. Elle retomba sur le parking fournisseurs, dispersant des projectiles de métal en fusion à trois cents mètres à la ronde. Le souffle précipita le privé dans les bosquets, où il s'évanouit.

Hôpital de la Fontonne, Antibes
23 janvier, 10 h

Garri était ligoté à un poteau de torture aztèque. Un gigantesque cosaque à moitié nu, le torse couvert de tatouages en cyrillique, emboucha une sarbacane et le blessa d'une fléchette empoisonnée. Puis il saisit une sorte de lance à incendie et lui envoya un jet de vapeur brûlante au visage. Le détective hurla, se débattit… et se réveilla en sueur en travers d'un lit métallique, dans une salle blanche emplie d'appareils clignotants. La porte s'ouvrit devant une infirmière, qui le calma, prit sa tension et lui retira son goutte-à-goutte. Elle lui expliqua qu'il était en réanimation depuis trente-six heures, après avoir été retrouvé par les pompiers sur les lieux d'une explosion à Mougins, évanoui, dans un état d'hypothermie avancé. Quand elle fut sortie, le commissaire Van Campenhout fit son apparition, l'air rassuré de son retour parmi les vivants. Il le félicita chaleureusement et lui raconta ce qui s'était passé durant son coma.

– Après votre accident, Pascal m'a avoué qu'il vous avait rencardé, vous et vous seul, sur l'existence de ce lieu. Le fait est que nous n'aurions jamais pu le perquisitionner légalement. Les fouilles ont bien prouvé que l'agence dissimulait un hôtel de passe de grand luxe. Les draps étaient encore chauds, mais les filles s'étaient envolées. Quant aux clients, il ne restait que les traces de leurs pneus sur le parking tant ils ont dû quitter le navire en vitesse. Ce devait être la débandade.

– C'est le cas de le dire, admit le privé.

– Ah, vous allez mieux, l'humour est revenu. On n'a découvert que deux gars dans la buanderie : un macchabée, la gueule ébouillantée, et un affreux en treillis, qui ne devait pas se trouver loin de la chaudière. Il est d'ailleurs dans la chambre à côté. Près de sa veuve.

– Vous voulez dire que…

– Qu'il est juste un peu mort.

– Et le vigile français ?

– On l'a retrouvé sur le parking, vivant, mais sous forme de puzzle. Le chirurgien a fait des miracles avec les miettes, mais il ne nous apprendra pas grand-chose, il ne peut plus parler.

– Il pourrait faire une déposition écrite ?

– Il est aussi emmailloté que Toutankhamon. Et vu son état, on aura plus vite fait d'apprendre à écrire à son plâtre.

– Vous avez trouvé le laboratoire ?

– On a identifié qu'il y en avait un, mais le sous-sol a été pulvérisé par l'explosion. Mais rassurez-moi : la fiole que vous aviez cachée dans votre blouson provenait bien de là ?

– Absolument !

– Parfait. Je me suis permis d'envoyer son contenu au labo de toxico pour analyse et j'ai reçu leur résultat hier dans la soirée. Il est trop tard pour établir qu'il est éventuellement responsable de l'asphyxie de l'Américain, car les traces de poison auraient déjà disparu de son cadavre. On n'avait pas envisagé cette hypothèse de décès, à l'époque, et donc pas effectué les prélèvements nécessaires. En revanche, on a découvert qu'il s'agit du même curare que celui qui a tué l'archéologue du tramway de Nice ! Grâce à vous, sa famille va pouvoir enfin mettre en terre ce malheureux resté au congélateur. Et j'ai désormais une piste pour mon enquête, qui piétinait.

– J'en suis ravi pour vous, mais cette équipée sauvage n'a pas vraiment fait avancer la mienne.

– Pensez-vous, je gardais la bonne nouvelle pour la fin. Vous savez que les preuves recueillies illégalement sont irrecevables devant le juge d'instruction. Elles ne forment même pas un faisceau d'indices concordants susceptibles de constituer un commencement de preuve par écrit. Mais, étant donné l'état dans lequel les pompiers vous ont trouvé, l'arsenal trouvé sur place et le bordel ambiant, je doute que le propriétaire des lieux porte plainte pour intrusion sans mandat dans un pensionnat de jeunes filles. J'ai donc régularisé votre petite escapade sous ma responsabilité et le juge a fermé les yeux. Dès que j'ai reçu les résultats du labo, j'ai ainsi pu contacter la police roumaine, qui venait d'arrêter la veuve de l'Américain chez ses parents, à Bucarest. Son passage à l'agence de mannequins, autrefois, et votre découverte l'ont confondue. Ils l'ont cuisinée toute la nuit et elle vient d'avouer le meurtre de son mari ce matin même. Mais elle nie toute responsabilité dans le meurtre du scientifique niçois. Enfin, votre mission est accomplie, mon vieux. J'espère que les évangélistes sont généreux, vous allez pouvoir remplacer le moteur de votre rafiot.

– Les troncs d'église sont remplis d'oursins, par chez eux. Cependant, votre enquête du crime sous le tram' commence à me titiller. Maintenant que je suis au chômage, et puisque j'en ai trouvé le premier fil d'Ariane, accepteriez-vous mon aide ?

– J'allais vous le demander.

Le policier ignorait en cet instant qu'il allait même devoir le lui ordonner sous peu. Pour le meilleur. Et surtout le pire.

Ministère de l'Intérieur, place Beauvau, Paris
24 janvier, 10 h 12

Un calme olympien régnait dans l'immense bureau fastueusement meublé en style Restauration. Après avoir coupé quelques têtes, la République s'était empressée de se couler dans les ors de l'Ancien Régime. Un homme élégant tournait les pages d'un parapheur de cuir et apposait sa signature au bas des courriers qui lui étaient soumis. Son interphone retentit.

– Un appel urgent, monsieur. Il insiste en disant que c'est de la plus haute importance.

Le directeur de cabinet du ministre prit la communication d'un air agacé. Une voix au fort accent oriental s'adressa à lui.

– Bonjour, monsieur. Je vous conseille vivement de retrouver dans vos archives le document référencé UCD-N1-JL/KC 4466342-765 AE.

– Qui êtes-vous ?

– Vous le saurez bien assez tôt. Ce parchemin vous intéressera au plus haut point, car son frère jumeau, le second original, est entre nos mains. Il y va de l'intégrité de votre territoire national. Si vous ne remontez pas cette information, je crains pour votre carrière. Je vous en rappelle à nouveau les références.

Ulcéré, le haut fonctionnaire les nota avec nervosité.

– C'est fait. Maintenant, allez-vous me dire…

– Voyez immédiatement ce dont il s'agit. Nous vous recontacterons bientôt.

L'autre avait raccroché. Le « dircab » appela sa secrétaire par l'interphone, en lui demandant de vérifier la source de l'appel. Quelques instants plus tard, elle entra et lui apprit qu'il provenait des Alpes-Maritimes. C'était une femme expérimentée, proche de la retraite, qui avait intégralement mené sa carrière au ministère de l'Intérieur et qui en connaissait tous les rouages. Il lui présenta le code et la vit blêmir.

– Vous êtes ici depuis trop peu de temps pour y avoir été confronté, monsieur. Les premières lettres indiquent qu'il s'agit d'archives classées « Ultra confidentiel-défense, accès réservé au niveau 1 », soit le sommet de l'Exécutif. Seuls le président de la République et le Premier ministre peuvent y avoir accès, à condition de présenter une signature conjointe. Il n'en existe aucune copie.

– Où se trouvent-elles ?

– Elles sont conservées par le Service historique de l'armée de terre au fort de Vincennes, dans les anciennes oubliettes du donjon. Elles sont à peu près aux Archives nationales ce qu'est l'Index à la bibliothèque Vaticane, le résumé de ce qui pourrait causer du tort à l'État. Elles recèlent les tractations les moins avouables de la France depuis des siècles. Si ces secrets venaient à être divulgués, ils empoisonneraient notre vie politique et fragiliseraient nos relations internationales. Il se dit qu'ils recouvrent toute la palette des sentiments humains appliqués à la raison d'État : chantage, trahison, reniement, revirement d'alliances, compromission. Les initiés lui donnent un nom : « Les poubelles de la République. »

Villa Abd al-Wahid[42], boulevard Général-de-Gaulle,
Saint-Jean-Cap-Ferrat
24 janvier, 19 h 01

La propriété offrait l'ultime degré de la démesure, dont le reste de la presqu'île des milliardaires était pourtant prodigue. L'immense villa-château, genre folie néogothique mâtinée de délires californiens, trônait au milieu d'un parc de tous les superlatifs : piscine vaste comme un lagon, avec grotte et cascade artificielles, forêt d'arbres aux essences rares, terrasses de marbre précieux, statues antiques scellées au sol, hélistation privée sur laquelle attendait un Écureuil bleu et blanc de Nice Hélicoptère, pergolas et salons d'été d'un luxe inouï, amphithéâtre de concert, cinéma à toit ouvrant, fitness-center professionnel et couloir souterrain rejoignant un port privé équipé de son petit yacht. Le PIB annuel des Comores n'eût pas suffi à s'offrir ce temple de l'excès. Cela tombait bien, il n'était pas à vendre. Parmi les dix millions de millionnaires en dollars de la planète, les plus fortunés étaient prêts à tout pour épater clients et amis à l'abri des regards indiscrets. Et les candidats à la location étaient sur liste d'attente. Victor Charaf avait eu la préférence.

L'ensemble était déjà éclairé à *giorno* lorsque le dernier arrivant se présenta à la grille d'entrée, accueilli par un quatuor de tontons flingueurs aux mines sombres. La Bentley coupé sport Continental grimpa lentement les lacets du chemin d'accès, sur les bords duquel se devinaient d'inquiétantes silhouettes.

Le service d'ordre albanais alignait la puissance de feu d'une division prête à disperser l'assaillant éventuel au magnum. Dans le feulement de son V12 biturbo, le véhicule s'arrêta enfin devant le voiturier.

– Ah, voici Evgueny, nous allons pouvoir commencer, s'exclama le Libanais en invitant ses hôtes à quitter la terrasse pour rejoindre le lieu de réunion.

– *Priviet !*[43]

Le Russe fut introduit dans la salle. Avant d'en refermer les portes, l'un des bodyguards se courba pour baiser la main baguée d'un petit homme chauve et voûté, assis à la grande table. La position d'un parrain dans la hiérarchie se devinait à l'inclinaison du buste de son obligé. Étant donné la quasi-génuflexion de son vis-a-vis, il devait s'agir là du chef suprême. Victor Charaf sourit en ouvrant la séance. Il lui semblait présider l'ONU du crime organisé. Il commença courtoisement les présentations. À sa gauche, Don Adriano Schiavone, membre de l'Honorable Société, siégeant à la Coupole, l'organe de direction des mafias siciliennes. Quand cet homme toussait, la Botte s'enrhumait. Ses faveurs emplissaient les cabinets ministériels italiens et ses disgrâces les épuraient tout aussi rapidement... Ensuite, venaient les capi de la Sacra Corona Unita des Pouilles et de la Nuova Famiglia, le parrain des Banquiers romains, le chef des Vor de Moscou et de Saint-Pétersbourg, le délégué général des triades de Hong Kong. Enfin, le chargé de mission des dix familles de New York et Chicago, le nouveau padrino de la Cosa Nostra.

Le Libanais leur montra un vieux parchemin, leur lut le rapport d'un cabinet fiscaliste, leur relata l'historique de sa démarche et leur rappela le but de cette rencontre : mettre à profit l'exemption fiscale dont bénéficieraient les entreprises installées sur le territoire de l'ex-comté de Nice. Et pour cela, faire main basse sur les équipements d'hébergement de luxe, du monde de la nuit, des jeux et de toutes les infrastructures profitables. Il leur proposa enfin de créer un consortium, par l'entremise de sa société d'investissement à Dubaï, en se répartissant le gâteau pour éviter les conflits. Aux Chinois les jeux, aux Américains les palaces et discothèques, aux Siciliens l'extorsion de fonds et le rachat des entreprises, aux Russes les femmes, aux Calabrais la coke, enfin aux Albanais l'artillerie. En référence aux pirates et boucaniers qui s'étaient emparé de l'île de Tortola, au XVIIIe siècle, et en avaient fait une véritable zone franche, il leur suggéra de se donner le nom de « Frères de la Côte », clin d'œil qu'ils acceptèrent tous en riant. Dans un dernier tour de table avant le vote à main levée, ils se félicitèrent de la création de cette multinationale du crime, mais ils lui firent cependant sentir qu'ils seraient aussi généreux en cas de succès que dépourvus de sentiments en cas d'échec. Le Phénicien les rassura, tout en soulignant la difficulté de l'entreprise, face à l'État français.

– *Lo Stato ? Ma chi ne se frega ?*[44] lâcha Don Adriano.

De fait, si la moitié de l'économie italienne était souterraine, ce n'était pas le cas de la France. Charaf était conscient qu'il jouait là le deal le plus osé de sa carrière : s'attaquer à un État qui disposait d'une tradition millénaire de centralisme administratif était autre chose que les opérations de déstabilisation qu'il avait menées jusqu'alors sur des petites républiques bananières. Le son du premier bouchon de champagne qui sautait lui fit oublier ses inquiétudes.

Hôtel Matignon, rue de Varenne, Paris
26 janvier, 9 h 14

La Peugeot 607 noire entra sous le porche de la cour d'honneur, et vint s'arrêter au pied des marches du perron de la résidence officielle du Premier ministre que son passager avala à grandes enjambées. Indifférent aux draperies des salons d'apparat du rez-de-chaussée, l'homme grimpa l'escalier d'accès au premier étage, salué par quelques huissiers à chaîne obséquieux, puis se dirigea en habitué vers la salle de réunion. Sous les stucs propres aux palais nationaux, la pièce exhalait une pompe toute aristocratique. Une table offrait à profusion des corbeilles d'argent débordant de viennoiseries et un service à café en porcelaine de Sèvres. Par-delà les fenêtres, le parc de trois hectares – le plus grand jardin privé de Paris – déroulait ses surprenantes perspectives à la française. Le directeur de cabinet du Premier ministre avait convoqué ses trois homologues de l'Intérieur, des Finances et de la Défense, pour une réunion de travail confidentielle.

– Ah, nous voici au complet ! Messieurs, l'heure est grave. Permettez-moi de vous lire avant tout la retranscription d'un parchemin du XVIe siècle.

Ordonnance du Roy sur le faict d'impôts en Comté de Nice
François, par La grâce de Dieu, Roy de France, Sçavoir faisons, à tous présens et advenir, que avons, par édit perpétuel et irrévocable, statué et ordonné les choses qui

s'ensuivent. Nous affranchissons à perpétuité habitants du Comté de Nice de toute taille, gabelle, banalités, décime, annates, aides, traites, fouage, maltôte, taille, crues et ramifications, et plus généralement toutes taxes de nostre ressort et impôts directs effermés ou non.
Donnons en mandement par cesdites présentes, à nos féaux les gens de nos cours de parlement, nos justiciers, officiers et tous autres qu'il appartiendra, que nosdictes présentes ordonnances ils fassent lire, publier et enregistre. Icelles gardent, entretiennent et observent, facent garder, entretenir et observer de point en point selon leur forme et teneur, sans faire ne souffrir aucune chose estre faicte au contraire.
Car tel est nostre plaisir.
Donné à Paris au mois d'aoust, l'an 1543, et de nostre règne, le 29, François.

Il glissa solennellement la copie manuscrite dans un broyeur posé à ses pieds, qui déchiqueta bruyamment la feuille.

– Mes chers collègues, cette ordonnance dormait depuis des siècles à l'ombre des archives « Ultra confidentiel-défense » à Vincennes. Je vous rappelle qu'elles dissimulent les troubles mémoriels de la France et n'ont aucune existence officielle, car elles risqueraient de déstabiliser l'image de l'État. Les chercheurs ont beau vitupérer contre une probable confiscation de l'Histoire par nos soins, nous n'en avons jamais reconnu la réalité. Vous êtes donc dorénavant prisonniers d'un secret militaire. Le problème est que des personnages apparemment mal-intentionnés ont retrouvé le second exemplaire, dans des conditions que nous ignorons encore. Cette découverte est un mauvais coup porté au pays, car ils demandent, ni plus ni moins, que l'État français respecte les engagements du souverain de l'époque. Ce qui reviendrait à faire de la partie est des Alpes-Maritimes une zone exemptée d'impôts. Nous avons chargé le meilleur cabinet de droit international de Bruxelles d'une étude sur la question. J'ai reçu leur mémorandum à l'aube. Il est formel.

– Mais quel intérêt François Ier avait-il à promettre une telle exemption fiscale ? intervint l'un des hauts fonctionnaires.

L'hôte de Matignon avait les traits tirés de celui qui a peu dormi depuis les dernières quarante-huit heures. Il avait consulté sans discontinuer les meilleurs spécialistes et possédait maintenant son sujet sur le bout des doigts.

– Il faut se replonger dans le contexte. Dès le XIe siècle, Nice avait obtenu le statut de consulat qui lui assurait une large autonomie sous la domination des comtes de Provence, et elle y avait pris goût. En passant en 1388 sous le protectorat de la maison de Savoie, elle était devenue le seul débouché de l'État alpin sur la mer libre. Sa bourgeoisie s'était enrichie et n'en avait développé que plus d'autonomie coutumière. De plus, le poids des frais de guerre et la construction de la citadelle avaient alourdi le fardeau fiscal des habitants et la grogne menaçait contre les Savoyards. Le roi de France le savait et il était pressé d'investir la forteresse. Il a donc imaginé un stratagème pour s'en emparer rapidement. Il était d'usage à l'époque que la première requête des États nouvellement annexés soit de demander la suppression des impôts excessifs, des offices inutiles et la réduction des trains de vie dispendieux des cours. On présentait au nouveau souverain des cahiers de doléances pour demander le maintien des privilèges acquis. « *Quien no llora, no mama !* », disent les Espagnols : celui qui ne pleure pas ne tête pas ! François Ier a ainsi pris contact en grand secret avec un noyau actif de bourgeois locaux et leur a promis l'exemption fiscale en contrepartie de leur aide pour ouvrir la ville. Un chroniqueur niçois du siège de 1543 rapporte bien une tentative de trahison de notables, à la porte principale, qui a par miracle avorté.

– Cependant, intervint l'un de ses confrères, l'engagement d'un souverain peut s'imposer à ses successeurs au nom de la continuité monarchique, mais peut-il obliger le régime républicain qui l'a remplacé ?

– C'est bien entendu la première question que nous nous sommes posée. Or, par un traité secret passé avec le royaume de Piémont-Sardaigne, qui envisageait de nous apporter Nice et la Savoie, Napoléon III a formellement repris tous les engagements précédents de la France à son compte et à celui de ses successeurs. « L'herbe ne pousse pas à l'ombre des grands arbres. » Et il faut comprendre que les victoires de son oncle Napoléon Ier occultaient son propre règne. En 1860, il était soucieux de passer à la postérité et la récupération d'un morceau supplémentaire de territoire national était une occasion en or. D'autant qu'il était pressé par toutes les banques d'affaires, impatientes d'investir dans ce qu'elles pressentaient être un eldorado touristique. Mais le référendum en faveur du rattachement du comté de Nice à la France n'était pas gagné d'avance. Le parti séparatiste niçois de Garibaldi bénéficiait d'un énorme capital de sympathie auprès des électeurs. L'empereur s'est donc engagé à conserver les privilèges coutumiers octroyés avant lui aux Niçois. On ne se souvient que de certains, l'exception de la pêche à la poutine ou le droit de grâce des condamnés à mort accordé aux pénitents noirs, mais ce n'était que la partie émergée de l'iceberg.

L'homme de Bercy enfonça le clou.

– Nous sommes malheureusement victimes de précédents historiques, qui font en quelque sorte jurisprudence au regard du droit international. On ne s'en vante pas trop, mais quand la France a racheté en 1877 au roi Oscar II de Suède l'île de Saint-Barthélemy dans les Antilles, elle a dû respecter le maintien des exemptions fiscales considérables acquises sous la tutelle de ce pays, qui en avait fait un port franc. Les

Finances ont bien essayé de contrer ces dérogations, mais nous nous sommes fait retoquer avec fermeté. Les habitants ont invoqué le caractère supranational des engagements pris et demandé la médiation de la Cour internationale de justice. En effet, le traité de rétrocession disposait formellement que « la France succède aux droits et obligations résultant de tous actes régulièrement faits par la couronne de Suède ou en son nom pour des objets d'intérêt public ou domanial concernant spécialement la colonie de Saint-Barthélemy ».

– En remontant plus loin, intervint son collègue de l'Intérieur, en 1532, Anne de Bretagne avait exigé, lors de la signature du traité d'union avec la France, que la circulation reste libre sur son territoire, qui ne disposait pas d'octroi à l'époque. Ce qui explique qu'il n'y ait toujours pas d'autoroutes à péage en Armorique, juste des quatre voies express gratuites.

Le fonctionnaire de la Défense surenchérit.

– Sans compter les arrêtés Miot pris en 1801 à la demande de Napoléon Bonaparte, pour calmer les mécontents en Corse suite à l'apparition de nouveaux impôts, déjà… Chaque fois que le gouvernement a tenté de revenir sur ces dispositions fiscales avantageuses, cela a créé une bronca chez les nationalistes de tout poil et nous sommes toujours revenus en arrière.

Leur hôte reprit la parole.

– Et regardez à quel point les Alsaciens sont chatouilleux sur le legs de l'occupation allemande concernant leur protection sociale… Vous savez comme moi que la République est loin d'être homogène, nous sommes un mille-feuille de cas particuliers issus de l'Histoire. Et ce mauvais coup se passe naturellement sur le territoire le moins arrimé à la France, le dernier à l'avoir rejointe, trente ans même après l'Algérie. Un parti d'opposition appelle toujours annexion ce que l'histoire officielle nomme dédition. Pour l'instant, ces forces centrifuges sont minoritaires, mais habilement entretenu, le prurit sécessionniste continue de démanger. Je crains qu'une perspective de franchise fiscale n'attise les vieux démons. D'autant que ceux qui ont réveillé la belle endormie qu'est l'exemption d'impôts ne sont pas particulièrement des princes charmants. Et le souffle de leur baiser est plutôt du genre putride. On soupçonne le crime organisé d'être derrière tout ça. Normal, la Côte d'Azur est le paradis fiscal idéal : elle est déjà l'une des principales destinations au monde. Un climat de rêve, une tradition d'accueil centenaire, pas de maladies tropicales endémiques, aucun requin dans ses eaux, un régime démocratique stable, pas de forces révolutionnaires à proximité. Comme dirait son comité du tourisme : quoi d'autre ? Mais, sans recettes fiscales, croyez-vous que nous pourrons longtemps nous permettre d'entretenir l'administration qui la gère, ainsi que les infrastructures ? Il nous faudrait nous désengager à terme. Sans compter que ce précédent risque de créer un effet domino sur les velléités indépendantistes de nos minorités corse, bretonne ou basque. Je me suis longuement entretenu avec mes homologues du G8 hier. Tous nos partenaires ont des revendications autonomistes plus ou moins marquées chez eux et ils ont les yeux braqués sur nous. Au regard de la Constitution, le président de la République est le garant de l'intégrité du territoire national. Il a chargé le chef du gouvernement de régler cette affaire, avec un mot d'ordre clair : nous devons arrêter l'hémorragie coûte que coûte. Le seul élément rassurant est que nous pouvons compter sur la collaboration des Italiens. À l'époque du traité litigieux, les frontières du comté de Nice englobaient en effet la viguerie du comté de Vintimille, Pigna et le marquisat de Dolceaqua, qui comprenait les villages de Apricale, Isolabona et Perinaldo dans la vallée de Bordighera. Cela créerait un précédent fâcheux pour l'unité fiscale italienne et Rome a décidé de nous prêter main-forte. Tant mieux car, si pour les policiers et les magistrats les frontières sont étanches, pour les mafieux, ce sont de véritables passoires ! Concrètement, il n'y a qu'une solution : retrouver le second parchemin. Je coordonnerai cette opération à la demande de monsieur le Premier ministre. Niveau de confidentialité maximum, y compris au sein de l'administration. Vous avez carte blanche.

L'homme de Bercy lui proposa :

– Il faut gagner du temps. Nous allons accentuer l'inertie administrative de la mise en œuvre d'une telle mesure pour vous aider.

Le dircab du ministre de la Défense précisa pour sa part :

– Nous allons engager une bataille, nous devons appliquer une stratégie militaire. Le gouvernement central ne doit pas être en première ligne, cela lui permettra de se ménager une possibilité de retraite sur une seconde ligne.

– Le préfet des Alpes-Maritimes me semble le mieux placé pour à la fois assurer l'interface et coordonner l'action sur le terrain, ajouta son collègue de l'Intérieur. Par ailleurs, pour éviter les risques de fuites, je pense que l'idéal serait d'adjoindre au commissaire chargé de l'enquête un aviseur. Un auxiliaire des forces de police, familier de leur fonctionnement et qui puisse infiltrer nos adversaires sans attirer l'attention. L'idéal serait un authentique Niçois, le genre qui connaisse le terrain comme sa poche et, qui ne soit pas suspecté de parachutage. J'en ai un en stock, et, si je peux me permettre, il tétait déjà le génépi au biberon. Il vient précisément d'aider nos services à résoudre une affaire d'envergure.

– Parfait. Mais ça doit être le genre de fusible qu'on pourrait faire sauter si ça tournait mal. Alors, que le préfet convoque cette perle rare. Et tant que vous y êtes, rédigez déjà son oraison funèbre, ça nous fera gagner du temps.

Jeu de boules, café de la Place, Saint-Paul-de-Vence
27 janvier, 11 h 43

– Non mais, vé-le ce trépané du bulbe ! Ton père y t'a achevé au pipi ou quoi ?

– Attends, tu viens faire le jeune, alors qu'en période de canicule faut te vaporiser ?

– Allez, *faguès pas lou couioun*[45], Garri ! L'écoute pas, c'est un poivrot de première. Y te boit son Rémi[46] en deux jours !
Sous les imposantes murailles surplombant les platanes dénudés, une partie de pétanque opposait la triplette des Provençaux du cru à celle des Nissarts de Carras. Les habitués étaient en ébullition. Le point s'avérait serré et une tournée de soiffards était en jeu. Une belle lumière d'hiver, claire et riante, inondait la place et les glaçons tintaient déjà dans les bouteilles de pastaga. La partie s'achevait.

– Eh bé, question pétanque, les Niçois y z'ont pas inventé le fil de poudre à couper l'eau tiède !

– *Vés aquéu chapacan. Il y carre un belin*[47] au pointage et il se la ramène ?
Le joyeux charivari fut couvert par l'arrivée rugissante de deux énormes BMW carénées, de la gendarmerie nationale. Une photo en main, les motards en combinaison bleu clair, encore casqués, s'approchèrent des équipes qui s'attablaient.

– Monsieur Gasiglia ? Veuillez nous suivre, s'il vous plaît. Votre présence est immédiatement requise au palais de la préfecture pour une réunion de crise.

– J'attends ma mère qui assiste à la messe. Je dois la ramener chez elle, place Garibaldi.

Comme par enchantement, les cloches se mirent à sonner joyeusement au sommet du village.

– Ah, elle ne va pas tarder à arriver. J'ai juste le temps de me taper un petit apéro.

Les *bàfi*[48] du pandore frissonnèrent sous ses Ray-Ban. Il dominait le Niçois de toute sa taille.

– Je vous rappelle que vous allez conduire, monsieur. Je pense que ce n'est pas très opportun.

– Vous plaisantez !

– J'en ai l'air ?

– Euh, non. Tiens, la voici justement.

Ils s'éloignèrent sous les ronchonnements des piliers de bar.

– Où y va, Garri, avé ces schtroumpfs ? Pétan, y sait plus quoi inventer pour éviter de payer la tournée.

Pas mécontent de leur jouer ce tour, le détective installa sa mère dans la Coccinelle décapotable blanche qu'il venait d'acquérir, son rêve d'adolescent. La résolution de sa première grande enquête, quelque temps auparavant, lui avait valu un nombre impressionnant de missions et il pouvait désormais s'offrir le luxe de les accepter ou non. Finies les filatures de maris volages, dans la plus grande discrétion. Il avait refourgué sa Twingo passe-muraille à un ferrailleur et s'était offert ce modèle de 1974, qu'il appréciait pour le caractère à la fois rustique et élégant de ses formes intemporelles. Mais son moindre défaut était qu'elle engloutissait à peu près autant qu'une équipe de *souça-gouto*[49] au zinc d'un bar de la place Rossetti.

Moins de dix minutes plus tard, les sirènes deux tons dans les oreilles, la Cox roulait sur l'A8, encadrée par les deux motos. Bien que poussé à plein régime, son moteur peinait à lui faire doubler un semi-remorque polonais, dont le conducteur ricanait dans sa cabine bardée d'amulettes de la Vierge noire de Cracovie et de posters de Jean-Paul II.

– Garri, mon ami, vous auriez pu trouver un véhicule un peu plus convenable pour votre vieille mère, tout de même.

Elle était délicieuse, évoluant dans un autre siècle. Issue d'une lignée de hobereaux gascons qui avait fourni son lot de militaires et de prêtres, elle avait épousé par amour un contremaître à la manufacture des tabacs de la rue Barla, contre l'avis de son père qui la promettait à un fat bien né et l'avait instantanément déshéritée. Depuis la mort de son mari, bénéficiaire d'une maigre pension, elle promenait son élégance désuète dans un petit meublé « castellisé » par ses seules attitudes. À moins de sombrer dans la schizophrénie, Garri espérait avoir réussi le mélange des qualités aristocratique et plébéienne de ses parents plutôt que l'addition de leurs défauts.

Ils longeaient maintenant la Promenade, dans la lumière crue d'un midi venté. L'embouchure du Magnan mêlait le turquoise ambré de l'eau douce au bleu Klein des hauts fonds de la baie. Deux pépettes fendaient l'air sur le large trottoir, perchées sur leurs rollers comme sur des patins à glace. Elles caressaient le macadam rouge en longues arabesques de caoutchouc, cheveux aux vents, riant aux éclats, avec l'assurance que leur conféraient leurs petits culs pommelés et la certitude d'être envisagées. Ils traversèrent la place Masséna. Quelques Italiennes en longs manteaux de vison – une tautologie à cette période de l'année – se pressaient vers les vitrines des grands joailliers, avenue de Verdun. Voyant l'écurie approcher, sa mère se risqua.

– Dites-moi, Garri, cette petite écologiste, comment s'appelle-t-elle déjà ?

– Salomé. Maman, vous n'allez pas remettre ça !

– Elle est belle comme un ange et elle a beaucoup de qualités. Vous allez sur vos quarante-trois ans, mon fils, il faudrait songer à ce que je voie un jour mes petits-enfants sauter sur mes genoux.

– Maman, ce n'est pas le moment.

– Ce n'est jamais le moment avec vous !

– Écoutez, la passion est un alcaloïde : à dilution modérée, c'est un excitant, mais à forte dose, un poison. Alors, je préfère ne pas m'attacher.

– Je connais par cœur votre dialectique habituelle, destinée à vous en sortir par une pirouette ; vous êtes odieux, mon cher.

Lassé par ce chantage affectif, il soupira. À vrai dire, il se sentait parfois lui-même si inachevé qu'il ne cherchait pas à reproduire la vacuité de son existence et à perpétuer le rien…

Ouf, sauvé par le gong ! Ils arrivaient au pied de son appartement, sur la place Garibaldi. Sur le socle central, au grand dam des sécessionnistes, le visage de bronze de la statue du Héros des deux Mondes, profané par les pigeons, disparaissait sous une traînée de fiente impie.

Sa mère souleva sa voilette pour l'embrasser. Les deux centaures, impassibles, avaient tu leurs sirènes mais conservé les gyrophares en action. Et là, dans l'ombre relative des arcades, en contemplant son visage à la lumière intermittente de ce pinceau bleu cobalt, Garri éprouva comme un coup violent au plexus. Le sentiment fugitif qu'il pourrait bien la voir pour la dernière fois…

Palais de la préfecture, cours Saleya, Nice
27 janvier, 12 h 39

Toujours encadrée par ses anges gardiens, la Volkswagen s'engouffra sous le passage cocher du grand bâtiment blanc à colonnade, au sommet duquel flottait le drapeau tricolore. Un gendarme précéda Garri le long de l'escalier d'honneur. Ils traversèrent rapidement la galerie Chéret, déroulant ses joyeux panneaux carnavaliers pastel, et pénétrèrent dans la vaste salle des fêtes. Siège du pouvoir du comté, l'ancien palais des rois sardes n'avait pas pris une ride dans son opulence néobaroque. Sous les lumières scintillantes des cristaux, les colonnes corinthiennes ciselées accompagnaient leur marche au long de riches toiles marouflées. Ils empruntèrent le jardin d'hiver et son ornementation de décors floraux stylisés, tournèrent dans le salon de musique et arrivèrent enfin dans une petite salle à manger rococo, où quelques officiels étaient en grande discussion. Après la clarté du jour, la seule lueur du lustre en verre de Venise fanait les visages graves de ce crépuscule des dieux. Elle imprimait à la scène une teinte de monarchie poussiéreuse, dont les miroirs vieillis reflétaient à l'infini l'ambiance délétère. Au bout de la longue table de bois précieux, le préfet présidait la séance.

– Merci d'avoir répondu si rapidement à mon invitation, monsieur Gasiglia.

Convocation eût davantage convenu, vu le gabarit des majordomes qui lui avaient remis le bristol en mains propres… Le

gratin des hauts fonctionnaires du département se tenait là. Impôts, douanes, répression des fraudes, équipement, travail, même le commandant du groupement de gendarmerie. Les seuls que connaissait personnellement Garri étaient le patron de la police judiciaire, son vieux complice Van Campenhout, et le directeur des renseignements généraux, qu'il avait déjà croisé dans sa précédente enquête. Un beau gosse à la mâchoire carrée, le sosie de Cary Grant. Une ressemblance qu'il cultivait à l'envi et qui affolait son entourage des deux sexes. Mais nul n'avait jamais su où allaient ses préférences...
Le représentant de l'État les mit rapidement au courant de la situation et de ses enjeux.

– Le gouvernement m'a mandaté pour assurer l'interface de cette affaire. J'ai souhaité vous accueillir ici, dans mes appartements privés et sur une ligne sécurisée, car cet entretien mérite la plus grande discrétion. J'attends d'un instant à l'autre l'appel de notre mystérieux interlocuteur qui doit, je cite, « nous faire part de ses conditions ». Il grimaça en prononçant ces derniers mots. Le pouvoir déteste les ultimatums.

– Quelles sont les options dont nous disposons, d'après Matignon ? interrogea le secrétaire général.

– Nous n'en avons qu'une : récupérer l'autre exemplaire du parchemin ou le département dépose le bilan... Il nous faut gagner du temps et trouver sa trace au plus vite !
La sonnerie du téléphone l'interrompit. Il mit le haut-parleur.

– Ici le préfet des Alpes-Maritimes. À qui ai-je l'honneur ?

– Vous le saurez en temps utile, répondit une voix à l'accent prononcé. Je représente un consortium d'hommes d'affaires qui a récupéré l'engagement de la France d'accorder au territoire de l'ancien comté de Nice une franchise fiscale totale et perpétuelle. Les habitants de cette région en ont été privés trop longtemps. Nous aurions à cœur que les modalités de sa mise en œuvre soient rapides.

– Ces impôts que vous dénoncez permettent de donner au pays ses infrastructures collectives de développement. Ils sont une contribution solidaire au bien commun, plaida le haut fonctionnaire.

– Ce sont surtout des prélèvements confiscatoires qui favorisent le train de vie de vos dirigeants, laminent la classe moyenne et fabriquent toujours plus de pauvres, davantage dépendants de l'État et donc aisément manipulables.

– Plutôt réducteur comme analyse. On ne peut pas nier que le niveau de vie de nos concitoyens ait augmenté en cinquante ans.

– Seule la conjoncture économique mondiale est responsable de ces succès, qui se sont réalisés malgré vous et non grâce à vous ! Et le pouvoir d'achat de vos administrés est en chute depuis ces dernières années. Mais vous n'avez toujours pas compris que trop d'impôt tue l'impôt... Alors, nous, acteurs de la société civile, sommes en quelque sorte un régulateur social bienvenu. En fait, nous mériterions une médaille.

Le préfet tâcha de soulager la tension par une boutade.

– Pour ma part, quand je décore un récipiendaire, je fais quatre-vingt-dix-neuf déçus et un ingrat.

« *Faï de ben a Bertrand, lo ti rende en cagan !*[50] », murmura le Niçois pour lui-même.

Autour de la table, les participants suivaient ce ping-pong verbal sans mot dire. Fin tacticien du verbe, le représentant du gouvernement poussa son avantage.

– Si je comprends bien votre projet, argent facile et luxure deviendraient les deux mamelles de la nouvelle Côte d'Azur ?

« Personnellement, je téterais volontiers leur lait », se surprit à penser Garri, avant de simuler un air courroucé pour appuyer les propos de son hôte.

– Nous sommes des pragmatiques, nous faisons simplement coïncider l'offre avec la demande.

– Vous voulez surtout vous arroger la plus grande part du gâteau, s'insurgea le fonctionnaire.

– Le plus gros racketteur, c'est l'État. Moi, je suis un Robin des bois. Je prends aux riches, vous en l'occurrence, pour donner aux pauvres, les travailleurs. Chez nous, il n'y aura pas de taxes pour alimenter le gaspillage public et soutenir les feignants. Chacun gagnera selon son mérite.
Un bouclier fiscal à 0 %, le cauchemar de l'inspecteur des impôts...

– Vous menez ce département à la ruine et vous le savez parfaitement bien !

– Je suis un simple conseil en investissement et je place mes clients sur les opportunités qui se présentent.

– Vous êtes surtout un facteur d'insécurité sociale ! Le préfet tentait de bluffer. Vous n'imaginez tout de même pas que la sixième puissance du monde va vous livrer son territoire national sur un plateau ?

– C'est un colosse aux pieds d'argile, votre puissance ! Elle ne tient sa force et sa légitimité que de son opinion publique. Or, le divorce d'avec vos élites est patent. Vos contribuables en ont assez d'être dépouillés comme au coin d'un bois par un fisc inquisiteur, pour maintenir le train de vie insolent de leurs dirigeants. Personnellement, je préfère la rue à vos palais nationaux. Au moins, dans la vitrine d'un commerçant, il y a peu de décorations et beaucoup de lumières. Dans un ministère, c'est l'inverse !
Prudent, le serviteur de l'État ne releva pas l'injure et orienta la conversation sous un autre angle, tentant d'amener son interlocuteur à la raison.

– On ne peut pas gérer le monde comme une entreprise, c'est illusoire.

– C'est la seule alternative quand le contrat de confiance est rompu. En France, on n'a pas coupé assez de têtes, les privilèges et les taxes repoussent toujours, comme une hydre. Vos politiciens n'ont pas inventé une recette différente de celle de vos rois. Toujours plus d'administration et plus d'impôts. Non, monsieur le préfet, un territoire doit se gérer comme une entreprise. Votre démocratie est une imposture et vos élus ont failli à leur tâche.

– Vous ne pouvez tout de même pas balayer d'un revers de manche le deuxième plus vieux métier du monde... s'emporta son interlocuteur, sincèrement outré.

– Je trouve qu'il a précisément beaucoup de points communs avec le premier !

– La France a une longue tradition démocratique, l'opinion suivra ses élus.

– Vous pensez sans rire qu'elle écoutera des parlementaires qui s'empressent, à peine élus, de voter leur immunité, leurs traitements, leurs indemnités et leurs avantages en nature, tous partis confondus pour une fois dans une touchante unanimité ? Allons, plus personne n'est dupe de ce qu'ils ont une urne à la place du cœur. Les dirigeants de ce pays sont coupés des réalités. Les amortisseurs de leurs véhicules de fonction les empêchent de ressentir les cahots des routes qui font tressauter les gens ordinaires.

– Vous oubliez la fierté d'appartenance nationale !

– On peut être bon Français et ne pas désirer payer tant d'impôts. Citoyen et contribuable sont irréductibles. Vos administrés voteront avec leurs pieds. Quand cette zone franche sera connue, tous les individus entreprenants de France vont venir s'établir ici, vidant le reste de l'Hexagone de ses forces vives !

– Il est d'autres valeurs que l'argent. La cohésion de la société, la solidarité, la stabilité des institutions...

– Vos politiciens ont suffisamment abreuvé leurs électeurs de ce genre de discours. Ils sont tous dans la posture, alors que la foule sentimentale attend de la sincérité. Nous, nous leur apportons un message authentique, qui parlera à chacun d'eux. Le fruit de votre travail vous revient. Convenez-en, monsieur le Préfet, le roi est nu dans cette affaire.

– Vous allez mettre la région à feu et à sang !

– Au contraire, nous serons un modèle de stabilité. Nous ferons régner l'ordre, car nous sommes des investisseurs. Guerriers et marchands ne font jamais bon ménage.

L'homme de conviction perçait sous le haut fonctionnaire. Mais autant demander à Dracula de ne plus siroter que du jus de tomates. Il tenta un dernier trait.

– Vous savez pertinemment que vous allez faire exploser les facteurs les plus déstabilisants de la société : la drogue, le jeu, la prostitution…

– « On ne peut avoir une civilisation durable sans accepter une bonne quantité de vices aimables », monsieur le Préfet, rétorqua l'autre, citant Aldous Huxley. Cet échange m'a vraiment passionné, mais trêve de discussion. La population est une gueuse, ça la démange entre les jambes. Elle s'offrira à qui saura la forcer. Et notre tactique de séduction, c'est l'exemption fiscale. Alors, vous allez prendre contact avec l'avocat que nous avons mandaté sur cette affaire. Il s'agit de Me Gapeani, du barreau de Nice. Il vous attend demain matin à 9 heures et vous précisera nos exigences. Nous vous recontacterons le moment venu.

– Bon sang, il a raccroché !

Van Campenhout sauta sur l'interphone.

– Pascal, vous avez localisé l'appel ?

– Non, commissaire, on a eu beau scanner, c'était complètement brouillé. Du matériel militaire. Tout ce que je peux vous garantir, c'est que l'émission provient des Alpes-Maritimes.

Un lourd silence pesa sur la salle.

– C'est plutôt cool de ne plus payer d'impôts, non ? hasarda GG, mi-figue, mi-mesclun, en bon provocateur.

Le préfet le fustigea du regard :

– Monsieur Gasiglia, pas vous ! Et avec quoi allez-vous payer l'entretien des routes, les hôpitaux, les écoles, l'éclairage public, les transports en commun, l'adduction d'eau, le traitement des ordures ménagères ?

– Euh… bredouilla le Niçois qui resta sans voix, ne s'attendant pas à pareille charge.

– Eh bien, moi je vais vous expliquer précisément ce qui va se passer si ces bandits obtiennent satisfaction.

Phase 1 – S'ils sont aussi malins que je le suppose, ces messieurs réuniront un trésor de guerre suffisant pour s'acheter l'est des Alpes-Maritimes. Et les capitaux d'origine douteuse afflueront du monde entier. Ce qu'ils ne pourront s'offrir par l'argent, ils vont se l'approprier autrement, leurs méthodes sont efficaces. Infrastructures de loisirs, immobilier de luxe, entreprises les plus rentables, rien ne leur résistera. Et lorsqu'ils auront fait main basse sur le territoire, les prix vont monter et les actifs devront le quitter pour s'installer à sa périphérie. À terme, nous serons confrontés à un îlot de super-richesse entouré d'une cité-dortoir, comme c'est toujours le cas aux alentours des zones de grande prospérité fiscale. Il n'y a qu'à voir les barres de béton pour esclaves philippins qui entourent la zone franche de Dubaï.

Phase 2 – Ils feront de cette région un nouveau Las Vegas, qui réinvestira ses bénéfices dans l'outil de production. Les stations touristiques, de Juan-les-Pins à Saint-Tropez, seront doublement concurrencées. Dans le pire des cas, cette partie des Alpes-Maritimes et du Var va devenir une réserve d'Indiens. Dans le meilleur, ils les rachèteront à bas prix.

Phase 3 – Sans recettes fiscales, avec quoi l'État paiera-t-il ses fonctionnaires et les équipements à sa charge ? Nous serions obligés d'augmenter la pression fiscale, ailleurs en France. Imaginez-vous que Cagnes-sur-Mer acceptera de payer davantage pour Nice, Menton pour Sainte-Agnès, Tende pour Breil ou La Gaude pour Gattières ? Ce serait la guerre civile. Phase 4 – Alléchés par l'exemption, les entrepreneurs du reste de la France vont se domicilier ici et le reste du territoire national va se désertifier. Les recettes fiscales vont chuter et l'État cessera d'investir dans les structures collectives et de les entretenir. Les services publics quitteront la région, qui pourra très rapidement sombrer dans le chaos.

Le préfet s'arrêta, laissant à ses auditeurs le temps de mesurer la gravité de ses propos. GG était abasourdi par sa clairvoyance. Son analyse tenait la route. Le reste de l'après-midi se passa à élaborer un véritable plan de bataille, le technocrate se chargeant lui-même d'informer les élus.

Garri avait courageusement accepté de tenter d'infiltrer les méchants. Il en référerait directement à Van Campenhout pour éviter les fuites. Le fonctionnaire était tout de même inquiet.

– Si tout baigne, vous aurez droit à une grande tape dans le dos, GG.

– Vous êtes chiche, commissaire. J'aurais bien accepté le fort de Brégançon en prime de risque…

– Bien entendu, si ça tourne mal, on ne vous connaît pas, c'est la règle, vous avez agi de votre propre initiative.

– Il me faudrait au moins un permis de port d'arme. Même si vous pensez que les mecs d'en face sont des enfants de chœur, je ne suis pas pressé de boire dans leurs burettes…

– Vous regardez trop de polars américains, les privés n'en ont pas en France.

– Alors, fournissez-m'en une sans permis ! Je n'aurai pas toujours une chaudière sous la main pour échapper à leurs griffes.

– OK, mais pas un calibre réglementaire qui pourrait faire remonter la piste jusqu'à nous.

– La confiance règne.

– Ne soyez donc pas buté.
– J'essaie précisément de ne pas l'être…

Il faisait nuit noire quand le privé quitta le palais pour regagner Slapette. Le ciel bas s'évaporait en traînées de cendre. Les immeubles du Vieux Nice affichaient des façades noirâtres, comme pétrifiées de sang figé. Le long du quai des États-Unis, quelques fleurs de bitume à la pomme d'Adam proéminente, chaussées de talons vertigineux, pointure quarante-quatre, se battaient les flancs face à la brume humide qui montait des galets.

De toute façon, ceux-là n'avaient jamais donné un sou au fisc et le changement de régime leur en toucherait une sans remuer l'autre… Le privé se sentait nauséeux dans ses nouveaux habits de victime expiatoire. Il avait à peu près autant de chances d'en sortir vivant qu'un petit farci de rester intact à la fête des Cougourdons…

Étude de Me Gapeani, place du Palais, Nice
28 janvier, 8 h 59

– La salle d'attente est par là.

La blonde platine, dont les racines violentes trahissaient les origines du cru, indiqua aux visiteurs une porte vitrée d'un mouvement de tête désinvolte. Sans même daigner leur accorder un regard, elle continua à se faire les faux ongles qui n'avaient pas dû effleurer un clavier d'ordinateur depuis belle lurette. L'inévitable échantillon de ces *souça-bicou*[51], qui imposaient leur vulgarité tapageuse à l'accueil des cabinets d'avocats du quartier… De fait, sous des dehors policés, le maître des lieux troquait volontiers le Code pénal pour l'étui pénien. Partouzeur notoire, son sésame dans les soirées privées en ville était la jeune assistante dont il changeait avec une régularité de métronome. Les deux plus proches collaborateurs du préfet, qui venaient d'entrer, ne l'ignoraient pas. Ils étaient chargés de l'administration de l'arrondissement chef-lieu dont les limites recouvraient à peu près l'ancien comté. Au secrétaire général les communes de la communauté d'agglomération Nice-Côte d'Azur, au sous-préfet de Nice-montagne les cent autres.

Giaume Gapeani était issu de l'une des plus vieilles familles niçoises. Au terme du protectorat du comté de Nice, arraché par le duché de Savoie en 1388 à la maison d'Anjou, la vieille noblesse de souche angevine – les Castellane, Puget, d'Èze, Blacas de Carros ou Olivari de Bonson – avait refusé de se rallier aux nouveaux maîtres. Ceux-ci s'étaient livrés à une vérita-

ble épuration, pour les remplacer par une aristocratie venue des milieux mercantiles, armateurs, négociants, aubergistes ou financiers. La dynastie Gapeani, très ancienne lignée de prêteurs sur gage créancière des ducs de Savoie, structurellement endettés pour financer leurs guerres, s'était taillé la part du lion. Aussi loin que remontaient les archives, elle avait fourni à la ville juges, receveurs généraux, capitaines de baillies ou gouverneurs. L'avocat se sentait ainsi légitimé à épouser la fonction de premier magistrat de la ville. Seule l'empêchait de faire campagne en tête de liste l'indécence absolue, à ses yeux, de la pêche aux voix, qu'il assimilait à un racolage indigne de lui. Ses clients avaient choisi le bon interlocuteur. Professeur de fiscalité internationale à la faculté de droit, il en était l'un des meilleurs spécialistes français et consultant auprès de l'ONU. Hautain, il avait transmuté sa vieille rancœur de maire contrarié en une compétence professionnelle quasiment jamais prise en défaut en quarante ans de carrière. Il avait la réputation de ne pas s'engager sans être sûr de l'issue favorable du procès. Un notable de poids, donc, longtemps doyen de la faculté et pressenti pour être le prochain bâtonnier de l'Ordre.
Il est, dans le protocole, des langages inconscients dont l'éloquence vaut tous les discours. Les quelques minutes d'attente qui avaient été imposées aux représentants de l'État sonnaient comme un affront. Leur hôte était à l'image de sa réputation. Grand, sec, des cheveux blancs soigneusement peignés en arrière, tranchant comme un scalpel. Une redoutable machine intellectuelle, pas plus dotée d'humanité qu'un four à socca. Il les accueillit avec une courtoisie feinte et entra immédiatement dans le vif du sujet.

– Je n'ai accepté la mission dont vous me voyez chargé qu'après avoir fait valider l'authenticité du parchemin original par un expert agréé auprès de la Cour. L'argumentation juridique de mes clients est sans appel. Croyez bien que je suis désolé de cette affaire.

Il semblait à peu près aussi repentant qu'un boa ayant avalé un phacochère...

– Mais je suis avocat avant tout et mon métier est de faire respecter le droit, je ne peux avoir d'états d'âme.

– Qui vous a mandaté ? l'interrompit le secrétaire général.

– Les Frères de la Côte, un consortium de Dubaï City, créé pour la circonstance par des hommes d'affaires dont je n'ai pas à vous révéler l'identité pour l'instant. Voilà longtemps qu'ils s'intéressent à la région et ils ont déjà essayé de trouver la faille, sans résultat. Aujourd'hui, croyez-moi, ils ne lâcheront pas le morceau.

– Qu'attendent-ils exactement ?

– C'est très simple. Une loi et quelques décrets d'application qui supprimeraient tous les impôts et taxes diverses sur le territoire de l'ancien comté de Nice. Pour vous faciliter la tâche, le texte en est même rédigé. Nous sommes en pleine session parlementaire, son adoption par les deux chambres n'est qu'une formalité.

Il fit glisser devant ses visiteurs un dossier épais comme l'*Encyclopaedia Universalis*. Habitués à la lecture en diagonale des textes administratifs, les deux fonctionnaires, atterrés, feuilletèrent nerveusement les pages, lisant des extraits à la volée :

Sur le rapport du ministre des Finances... Vu la loi du 21 ventôse an VII... Les dispositions du quatrième alinéa de l'article... de l'ordonnance du... modifiée par la loi du... est modifiée ainsi qu'il suit : sont dorénavant exempts de...

Il s'ensuivait une liste longue comme un jour sans projection de *Desperate housewife*. Taxes intérieure sur les produits pétroliers, spéciale additionnelle au prix des places dans les salles de cinéma, parafiscale au profit de l'association dite Société nationale interprofessionnelle de la tomate, octroi de mer, fonds d'amortissement..., prélèvement..., impôt..., contribution..., cotisation..., retenue à la source..., redevance..., versement... L'ingéniosité des technocrates n'avait pas de limite. Il n'eût pas été étonnant d'y trouver mention d'une taxe sur la coprophagie, les tyrosémiophiles[52] ou les adorateurs de la gomme arabique.

...qui sera publié au Journal officiel de la République française.
À Paris, le...

Les Frères de la Côte avaient pensé à tout. Le sous-préfet déglutit, cherchant à gagner du temps.

– Nous pourrions intégrer ces dispositions dans le projet de la prochaine loi de finances, à la rentrée parlementaire...

– Mes clients connaissent parfaitement les délais nécessaires à Bercy pour faire adopter ses projets dans l'urgence, ainsi que toutes les manœuvres dilatoires imaginables. Ils apprécieraient que l'Exécutif trouve les accents de conviction suffisants pour que le Parlement entérine rapidement. Ils vous donnent jusqu'au 25 février pour que les textes soient adoptés.

Derrière l'affectation de façade, le secrétaire général entrevit une intermittence, comme un bug dans son système d'exploitation, l'éclair fugitif d'une folie meurtrière. Ce type était plus impliqué qu'il ne le laissait paraître. Son costume d'alpaga Dolce & Gabbana avait des relents de treillis camouflé et l'on sentait le fauve à l'affût derrière le notable policé.

– Et au-delà de cette date ?

– Ils lanceront officiellement une procédure devant la Cour internationale de justice. Cela ne ferait que retarder l'inéluctable et affaiblirait la position de l'Hexagone au sein de la communauté internationale. Croyez-en un juriste, messieurs, un bon accord en interne vaut toujours mieux qu'un diktat imposé de l'étranger pour favoriser des souverainistes.

Le sous-préfet tiqua, le baveux s'était trahi par ce qualificatif. Il aurait dû parler d'autonomistes. Le distinguo subtil indiquait ses préférences. Le juriste se leva pour les raccompagner.

– Il n'y a pas de plan B. Jusqu'au 25, pas un jour de plus.

Ils sortirent sur la place, face à la fontaine devant laquelle des badauds entouraient un acrobate de rue.

– Je n'aime pas ce type, souffla le haut fonctionnaire entre ses dents. De la merde dans un bas de soie. Les magistrats le surnomment « le pitbull », car il ne lâche jamais une affaire. C'est un procédurier hors pair. Tout repose désormais sur la police et sur Gasiglia. Il leur faut trouver vite qui se cache derrière tout ça, le temps nous est compté.

Une demi-heure plus tard, Garri quittait les appartements du préfet, informé des attentes de l'ennemi. Il tâta sous sa veste le flingue qu'il était passé récupérer au commissariat, le matin même. La réplique exacte du Beretta chambré en 9 mm parabellum, découvert par les douanes sur le cadavre d'un narco-trafiquant, numéro de série limé comme de bien entendu. L'inspecteur qui le lui avait remis avait précisé :

– Son nom de code est *Raging bull*. Il a reçu l'Award 99 des armes de poing. C'est un Taurus, une marque brésilienne qui garantit son service après-vente à vie.

– Si tant est qu'il m'en reste pour en profiter…

En tout cas, c'était le feu préféré des gâchettes de la pègre : il ne s'enrayait jamais et l'on pouvait changer son canon après l'exécution d'un contrat pour brouiller les pistes. Le privé marchait sans but, indifférent aux rumeurs du Vieux Nice volubile et affairé qui l'entourait. Les ruelles de son village natal étaient pour lui un lieu de méditation profitable. Le cri des enfants, les harangues des commerçantes sur le pas de leurs portes, la pétarade des scooters, les volées de musique échappées des bars anglo-saxons formaient la bande-son familière

dans laquelle il s'immergeait pour mieux se concentrer. Il mit un long moment à extirper la phrase rapportée par l'un des fonctionnaires, qui avait sans doute échappé à l'homme de loi : « Voilà longtemps que mes clients s'intéressent à la région, et ils ont déjà essayé de trouver la faille… »
En quoi la région pouvait-elle présenter une faille ? Y avait-il une autre zone susceptible de présenter des caractères identiques par le passé ? Ses pas l'avaient amené près de la mairie, devant la papeterie Rontani. Il en poussa la porte et passa un moment à étudier toutes les cartes du comté. Toujours rien et pourtant la phrase revenait avec insistance le titiller. Il s'apprêtait à abandonner lorsqu'une réflexion du préfet lui revint à l'esprit. « Heureusement, nous pouvons compter sur l'appui de nos voisins. Ils sont concernés comme nous puisque les limites du comté de Nice englobaient des villages aujourd'hui italiens. » Garri s'était mentalement bloqué sur l'Hexagone, au lieu d'élargir sa vision de la « région » dont parlait l'avocat. Ses mains coururent sur la carte. Tiens, pourquoi pas ? Il existait, à un jet de pierre de la frontière, une petite enclave qui vous avait des airs de faille. Une principauté autoproclamée de deux mille âmes, qu'aucun traité international n'avait jamais mentionnée et qui revendiquait son indépendance en tant que micro nation.

Contre toute attente, il découvrit en France une représentation diplomatique dont le consul honoraire lui obtint une audience auprès de son souverain élu par acclamation, le prince régent, SAS Giorgio Ier. Au point où il en était, il ne devait négliger aucune piste. Mais quoi qu'il apprenne, le bédéphile qui sommeillait en lui savourait la perspective de cette balade digne de *Tintin au pays des Syldaves.*

Principauté de Seborga, province d'Imperia, Italie
31 janvier, 11 h 30

Une lueur d'hiver, aveuglante, inondait l'habitacle de la Coccinelle, que Garri avait décapotée au sortir de l'autoroute. Il grimpait maintenant une route étroite qui serpentait entre mer et montagne. Au loin, un moutonnement de collines couvertes de mimosas en fleurs et de genêts s'abandonnait jusqu'aux crêtes enneigées qui marquaient la ligne de partage des eaux et la frontière française. À sa gauche, le conducteur devinait les ondulations des serres à œillets sur lesquelles jouaient les rayons et, derrière elles, une Méditerranée miroitante en baie de Bordighera. Un clocher sonna la demie dans l'air clair. Le Niçois s'étonnait d'évoluer à plus de cinq cents mètres d'altitude dans un paysage où se mêlaient palmiers, oliviers, mélèzes et agaves. L'air se rafraîchissait et il frissonna en relevant le col de son éternelle gabardine couleur mastic, un clin d'œil personnel au look des privés de légende du cinéma américain, qu'il se plaisait à cultiver. Au détour d'un virage, une guérite rayée indiquait une frontière de carte postale et un garde territorial en émergea pour lui demander ses papiers. Un rituel symbolique mis en œuvre chaque fois qu'une audience solennelle était demandée au prince. Vu l'aspect peu protocolaire du douanier, la dernière devait remonter au règne de Charlemagne…
Quelques instants plus tard, après avoir cheminé dans les ruelles tortueuses du village et demandé son chemin à une

marchande de souvenirs-épicerie-buvette-presse-boulangerie, la seule devanture ouverte, il arriva devant le palais princier et hôtel des Monnaies. Une modeste demeure bourgeoise, où flottait un parfum de soupe aux choux et que seul un mât aux couleurs nationales bleu et blanc distinguait de sa voisine. Probablement le seul palais au monde que le monarque devait louer à ses frais… Une femme de ménage moustachue, courbée sur son balai, lui fit signe d'entrer. Il fut accueilli par un homme débonnaire au seuil de son bureau.

– *Ciao, signor Gasiglia.* Notre Prince est retenu, il m'a chargé de l'excuser et de vous recevoir. Je suis le ministre des Affaires étrangères. Et, dans le civil, patron du restaurant Il Principe, sur la place, ajouta-t-il avec un sourire malicieux. Si l'envie vous en dit, après notre entretien, vous pourrez goûter à mon plat du jour, la spécialité locale, le lapin aux olives. Quatorze euros la portion. Mais si vous payez en luigini, la monnaie locale, je vous fais un prix…

Enthousiasmé par cette fascinante perspective, Garri lui expliqua sommairement le motif de sa visite, se présentant comme un historien. Son hôte, en manque de relations publiques, ne se fit pas prier.

– Seborga a été une principauté souveraine dès 1079, historiquement enclavée dans les terres des comtes de Vintimille. La possession de ce fief donnait droit au titre de prince du Saint-Empire romain et même votre courtisane Madame de Montespan a cherché à l'acquérir pour tenir son rang à la cour de France. Mais ses propriétaires, les abbés de Lérins, l'ont vendu en 1729 par l'intermédiaire de notaires parisiens à Victor-Amédée II de Savoie, lequel n'a jamais signé d'acte intégrant le territoire à ses États. Le royaume d'Italie, unifié en 1860, ne l'a pas davantage enregistré. Pas plus que la République née à la fin de la Seconde Guerre mondiale. Avant 1940, nous ne payions pas d'impôts et, jusqu'en 1952, le territoire communal n'était pas inscrit sur les relevés cadastraux italiens ! L'idée d'affirmer pleinement notre situation spécifique est née lors d'un dîner d'amis bien arrosé. Et, après trente ans de recherches, nous l'avons mise en œuvre en 1995. Nous battons monnaie, éditons nos timbres, émettons nos passeports touristiques et disposons de représentations diplomatiques à l'étranger.

S'efforçant de paraître détaché, le détective lui posa la question qui lui brûlait les lèvres.

– Avez-vous été contactés par des gens désirant tirer profit de ce statut particulier ? Je ne sais pas, des promoteurs par exemple ?

– Oui, effectivement. Il y a quelques années, nous avons entamé un bras de fer avec le gouvernement pour faire reconnaître notre indépendance. Des amis spécialistes de l'histoire du droit nous ont assurés que notre cause était la bonne. Ils ont fait trembler l'État par une argumentation imparable, qui menaçait de remonter les origines de propriété au-delà des croisades. Un consortium d'investisseurs du Moyen-Orient nous a alors proposé de faire de notre village de 14 km^2 un *resort* de très grand luxe et de nous en offrir des parts en échange d'une exemption fiscale perpétuelle. Mais Rome nous a mis la pression et deux mille paysans n'avaient pas les moyens de tenir tête bien longtemps à un État membre du G7. La mort dans l'âme, nous avons accepté ses propositions. Nous gardions toutes les caractéristiques de l'indépendance, à l'exception d'une seule.

– Laquelle ?

– La fiscalité. De ce point de vue, nous sommes des Italiens à part entière.

– Ben voyons ! Et vos investisseurs ?

– Plus de nouvelles du jour au lendemain…

– Vous vous souvenez du nom de cette société ?

– Dites-moi, pour un historien vous êtes bien préoccupé par vos contemporains, répliqua le restaurateur, devenu soupçonneux.
Pour calmer son inquiétude, le privé dut se fendre d'honorer la table du chef et de goûter au célèbre *coniglio*. Un *estoufa-gàrri*[53] d'un autre monde... Mais bien lui en prit car, après quelques bouteilles du picrate local, qui faillit le rendre aveugle, il tenait peut-être sa première piste. Avant de sombrer dans un coma éthylique, le ministre lui révéla d'une voix pâteuse qu'il ne se rappelait que trois choses. Le siège de la société d'investisseurs, Dubaï. La nationalité de son dirigeant, un Libanais. Et son nom, Charaf, qui l'avait fait bien rire, puisqu'il signifiait « guenilles » en patois local.
Le maçon du village, qui s'était mêlé à la conversation, lui apprit qu'à cette même époque, alors qu'il était le prieur d'une des trois confréries laïques du village, l'Ordine cavallieri di San Stefano, il avait été contacté au téléphone par un homme qui avait manifesté son intérêt pour cette même éventualité de franchise fiscale. Il s'en souvenait, car son interlocuteur lui avait demandé de conserver le secret sur sa requête au nom de la confraternité, se présentant comme le grand maître des pénitents pourpres du comté de Nice. Ses recherches ne lui avaient pas permis de trouver trace de l'existence de cet ordre inconnu de tous et il avait oublié cette demande farfelue, jusqu'à ce jour. Le détective nota à tout hasard cette information dans un coin de sa mémoire.

En redescendant la colline, toujours décapoté sous l'air vif pour faire disparaître la casquette de plomb qui enserrait son crâne, il considérait Seborga sous un autre œil qu'à l'aller : cette principauté lilliputienne lui apparaissait décidément moins d'opérette. Il eut l'intuition que sa véritable enquête venait d'y démarrer.

Auberge La Clé des champs, route de Cagnes,
La Colle-sur-Loup
2 février, 12 h 10

Le parking était plein à craquer. En longeant les murs de l'imposante maison en pierre de taille, typique des collines de la rive droite du Var, Garri aperçut à travers les vitres les tables dressées pour une trentaine de convives, près d'un bon feu de bois léchant les parois noircies de la vieille cheminée. Dans la pièce principale, une troupe d'assoiffés assiégeait le bar. Il fut accueilli par des exclamations joyeuses.

– *Daïda*, les nines, vé le pistachier ![54] On n'attendait plus que toi pour l'apéro !

Vu leurs trognes enluminées, ils n'avaient pas patienté bien longtemps… Une bonne odeur de ragoût emplissait la salle au décor rustique. Poutres de chêne, d'où pendaient des gousses d'ail et des courges multiformes, instruments aratoires datant du siècle dernier, jougs de bœufs, alambic en cuivre et roue de chariot reconvertie en plafonnier racontaient l'histoire d'une famille de braves gens, durs à la tâche. Dans des cadres de bois éparpillés aux murs, de fiers paysans en habits du dimanche faisaient face à l'objectif en retroussant les crocs de leurs bacchantes en guidon de vélo. À des années-lumière des bars *lounge* branchés du littoral, le restaurant était resté dans son jus de l'entre-deux-guerres. Il y régnait un parfum d'authenticité sans affectation qui le classait au rang de collector, dans un secteur trop souvent cloné par le terrorisme de modes aussi futiles qu'éphémères.

Autour de la table basse, la finale de poker opposait la paire des Berlugans tenants du titre à une équipe de pieds-noirs qui s'interpellaient d'histoires bônoises. Les natifs venaient de profiter d'une faute de l'adversaire.

– *Aouh, ben djugat*[55], Tonin !

– Oh, José, y nou'z ont pris le point, là ! D'où qu' t'as appris à jouer ? Ta famille, elle a quitté l'Algérie en 62 une main devant, une main derrière, et maintenant tu viens faire le beau ?

– Sur la santé d'mes morts, la tienne de famille, la main de derrière elle se l'est levée, et de riche qu'elle est devenue !

– Oh, *porca miseria*, vous avez pas fini de vous *esgrafigner*, non ? *Què ploumpé*[56], celui-là ! Allez, à toi la donne.

– À taaable !

Le mot magique mit tout le monde d'accord. Comme chaque année avant la fin de la saison de la chasse, le patron fermait son restaurant pour accueillir ses copains et leur faire goûter ce que les pisse-vinaigre de l'administration ne permettaient plus de servir aux clients. Une fois tous assis, selon un rituel immuable, le silence se fit.

– Cette année, je vous ai fait la daube aux étourneaux. Comme c'est des migrateurs, quand ils arrivent du nord, les pôvres, ils sont tout *escagassés*[57] et maigres comme des coucous. Alors, il faut attendre qu'ils se soient bien engraissés en picorant les arbres, avant de les tirer à la carabine dans le bois de la Sine, vers Vence. Après, tu leur vides l'estomac, pourquoi l'olive elle peut être piquée aux vers, tu leur arraches la langue, sinon elle donne de l'amertume à la viande, tu les coupes en deux, tu les laisses mariner quatre jours dans un vin rouge de Saint-Jeannet... et tu te lèches les dix doigts d'une main à t'en faire péter l'*embouligue*[58].

– Arrête, Stéphane, tu nous fais languir.

– En entrée, je vous ai fait les sanguins aromatisés aux herbes des collines. Je les ai cueillis à Caussols.

– Oh, malheureux, les champignons, c'est comme une source, ça se dit pas.
Le repas battait son plein. Le voisin de Garri se resservait avec une franche régularité du vin de raisin de framboise artisanal, la cuvée secrète du chef.

– Patron, on meurt de soif, ici. Fais péter les caouètes !

– N'exagère pas, Richard, tu sais bien qu'à haute dose ça rend fou. C'est pour ça qu'on l'a interdit en France.
À ces mots, l'autre, déjà bien chargé, se mit à brailler comme un âne.

– *M'em bati,* des interdictions ! *Sieu nissart* et je fais ça que je veux chez moi. Plein le cul des interdits, des règlements et des taxes. Moi, le prochain inspecteur des impôts qui vient me faire *caguer*[59], je lui mets une cartouche.
Les conversations commencèrent à s'animer autour des tables. Le détective se tourna vers son autre voisin.

– Pourquoi il dit ça ?

– Quoi, t'as pas vu les actualités ?

– Le JT ? Même pas en rêve. *Propi des cagades !*[60]

– Ben, t'as intérêt, parce qu'on n'y parle plus que de Nice ces jours-ci.

Garri tendit l'oreille. Son enquête était au point mort. Et ces réunions de copains étaient un lieu imparable pour prendre le pouls de la cité. Les langues se taisaient devant les enquêteurs. Mais ici elles se déliaient, confiance et alcool aidant. D'autant que les élections municipales battaient leur plein et enflammaient les passions. Les surenchères des démagogues de service empoisonnaient le débat, alimentées par de mystérieuses rumeurs de franchise fiscale qui cristallisaient toutes les rancœurs, opposant jusqu'aux amis d'hier.

– En 1871, 72 % des suffrages s'étaient portés vers les candidats séparatistes, dont faisait partie Garibaldi. Lors des

« vêpres niçoises », cette volonté populaire a été confisquée par une invasion militaire de type colonial, môssieu !

– Aoh, c'est qui cette truffe, là ? Ton parti croupion, son audience, c'est à peu près celle de la mire à la télé.

– Et le tien, de parti, sa dernière convention nationale a eu lieu dans une cabine téléphonique !

– De toute façon, l'État français, il est en faillite, il a jamais voté un budget en équilibre depuis vingt-cinq ans, c'est son Premier ministre lui-même qui l'a publiquement reconnu.

– Ton candidat, c'est une menace populiste et poujadiste à l'équilibre démocratique régional. Il est impératif de redonner un sens au pacte républicain, de repacifier le rapport citoyen-élu, et enfin de restituer le goût d'une communauté solidaire de destins…

Un des piliers du bar, déjà bien torché, ronchonna d'une voix carrément pâteuse.

– Oh ! Qu'est-ce qu'y dit comme mots avec sa bouche, ce *counta-balle*[61], j'y capte un beignet[62].

– Y dit qu'y veut continuer à payer pour les feignants de ton espèce, intervint un autre. Eh ben, moi, je suis pas d'accord. Y a un nouveau site internet, là, Rebellioundanissa point machin chose, il appelle à la grève de l'impôt. 150 000 visites, qu'il a reçues en quarante-huit heures, tu m'étonnes !

Le repas s'éternisait autour d'une gnôle de contrebande à te réveiller un *ensuqué*[63]. Le détective en avait davantage appris que tous les inspecteurs des RG en un mois. Les frustrations fleurissaient et la France apparaissait comme responsable de tous les maux. La baisse du pouvoir d'achat, la crise des valeurs, l'incivisme, les allergies au pollen de platane, le réchauffement climatique qui faisait apparaître de nouveaux parasites sans prédateurs connus, les déjections canines sur les trottoirs et jusqu'aux ongles incarnés… Ceux qui prônaient jusque-là la création d'une entité distincte de la région Provence-Alpes-Côte d'Azur – arguant que l'impôt prélevé par Marseille et Paris était largement supérieur aux mannes reversées – exigeaient maintenant la scission pure et simple de l'ancien comté d'avec la France. L'opinion publique bouillait sous les appels à la violence venus de tous horizons. Marginaux, adolescents en crise, vieux trotskystes, nostalgiques d'Action directe, ultras exclus des Jeunesses identitaires y côtoyaient les intégristes nissarts, les ménages surendettés et les simples victimes de redressements fiscaux. Le tout attisé par quelques politiciens sur le retour, en mal de programme électoral, qui agitaient en apprentis sorciers ce cocktail explosif et s'entre-déchiraient sur l'échiquier d'un espace politique local en pleine recomposition. Telle une bonne vieille comédie de Shakespeare, on entendait dans les coulisses des hémicycles s'aiguiser les poignards…

Un beau soleil inondait la terrasse de la cuisine d'été, ramassée autour de son four à pizza. Garri prit son café avec les Oranais, vainqueurs de la finale de poker, qui arrosaient ça à l'anisette des frères Gras. Le plus âgé aurait pu être son père. Massif, les bras comme des cuisses et la moustache taillée rase, José Ortega était son partenaire habituel à la triplette.

– Écoute-moi ces aluchos ! Ils me rappellent les discussions de comptoir qui ont précédé la guerre civile du Liban.

– Ah bon, tu y étais ?

– Ma parole, après ma période OAS, j'étais pas vraiment bienvenu en métropole. De mon exil espagnol, j'y suis allé pour m'engager dans les phalanges chrétiennes.

– Tu pourrais retrouver un mec de là-bas ?

– Tu parles ! Le Liban, je l'ai arrosé de mon sang. Entre frères d'armes, on se suit toujours.

– Il s'appelle Charaf.

– Un chrétien maronite, c'est bon, c'était plutôt mon bord.
– Aux dernières nouvelles, il était dans la finance à Dubaï.
– Je devrais pouvoir t'arranger ça. Bon, j'y vais.

Le pied-noir lui serra la main, lui broyant quelques phalanges au passage. Le Niçois le remercia en s'empressant de récupérer ses métacarpes indemnes.

Il laissa le reste de l'après-midi filer, se mêlant aux discussions des convives qui avaient décidé de faire un sort à la réserve de *branda* de leur hôte, celle de sous le comptoir. L'un d'entre eux, retraité de la SNCF de quarante-cinq ans, évoqua la rumeur d'une mystérieuse confrérie de pénitents pourpres qui détenait l'assurance qu'on ne paierait plus d'impôts. Il déclencha l'hilarité.

– Vé le, ce *mièdja-séga*[64], l'oisiveté, ça lui monte à la tête, il a l'imagination qui travaille !

GG dressa immédiatement l'oreille. Il sortit appeler Pascal. Celui-ci avait effectivement entendu parler de pénitents pourpres, à peu près un mois auparavant.

– Un mec a contacté police Secours au téléphone, en disant qu'ils le poursuivaient après avoir tué son copain. Mais il n'a pas voulu donner son nom, vu qu'il bossait dans des raves parties illégales. D'après les RG, il devait s'agir d'un allumé qui avait trop pris d'ecstasy. Pour eux, les pénitents pourpres, c'est une pure légende locale.

Garri remercia et raccrocha. Pour lui, la première évocation à Seborga, c'était un hasard. La deuxième, par son voisin de table, une coïncidence. Mais la troisième avec ce curieux appel au secours, ça devenait une épidémie…

Il décida d'investiguer et quitta les derniers *empégués*[65] qui travaillaient leur cirrhose avec une louable application.

Monastère Notre-Dame-des-Miracles, Saorge
6 février, 10 h 53

Venue du fond des gorges, la cavalcade furieuse des eaux de la Roya, gonflées par le dernier orage, se répercutait entre les murs décrépis du vieux village. Un ciel plombé pigmentait de rouille les maisons de cette ancienne place forte agrippée à son amphithéâtre minéral. Depuis le bas de la volée d'escaliers, Garri n'avait croisé personne. Il grimpait en soufflant les marches usées, aux bords rendus glissants par l'humidité. Au détour d'une dernière ruelle, la façade polychrome de l'église apparut, nimbée de la lumière laiteuse d'un jour qui se cherchait. Il ne put s'empêcher d'admirer une fois encore ce petit chef-d'œuvre baroque, l'un des derniers du haut pays niçois. Le couvent franciscain avait été l'un des principaux lieux monastiques de la région, à l'époque de la réforme catholique, et le charme opérait toujours.

La lourde porte revêtue du panonceau brun des monuments nationaux était entrouverte. Celui qui lui avait accordé cette entrevue l'avait prévenu, il travaillerait au jardin. Il entra et emprunta des couloirs glacés aux parois couvertes de fresques délavées, d'où sourdait une fade odeur de salpêtre. Délaissant le cloître aux voûtes cintrées, il traversa le bâtiment et émergea bientôt sur un grand terrain plat gagné sur des restanques escarpées, longées d'arcades en pierres.

Une épaisse colonne de fumée tournoyait près du potager. À sa base, une silhouette en tenue de jardinage s'activait à lancer dans le brasier des fourchées d'herbes sèches. Garri était excité comme une puce. Il avait fallu tout l'entregent de l'une de ses relations, frère dominicain, pour obtenir ce rendez-vous avec l'homme probablement le mieux informé pour satisfaire sa curiosité.

Diacre et conservateur informel du couvent durant les longs mois d'hiver où il menait une retraite spirituelle dans la solitude, Sauveur Véran était titulaire d'un doctorat en droit canonique. Mais c'est sa fonction de porte-parole des confréries des pénitents de France qui intéressait au premier chef le Niçois.

Sec et noueux, le cheveu ras, l'homme arborait un long visage à la Modigliani, où courait une barbe filandreuse aux accents christiques. On le sentait possédé par son engagement, vivant déjà par-delà ses contemporains. Il invita son hôte à partager un thé, à l'intérieur.

Quelques instants plus tard, ils étaient assis à la table du réfectoire des moines, sous un plafond en ogive où s'assoupissait le poids des siècles. Hormis quelques trompe-l'œil restaurés de scènes religieuses, d'où s'élevaient des angelots dorés répandant des cornes d'abondance, l'austérité était de mise. Le confort des bancs de bois incitait davantage à se lever pour reprendre le travail qu'à paresser l'après-midi.

– Ainsi, vous faites des recherches sur les pénitents ? Une bien sainte tâche en vérité… commença l'érudit, pas dupe des probables arrière-pensées que recouvrait une requête si pressée. Il s'agit d'associations de laïcs catholiques nées en Europe du Sud, à la fin du XIIIe siècle, dans un but caritatif. Leur vocation était double : tout d'abord, assurer une présence aux côtés des plus démunis, qui étaient légion en ces périodes troublées de famines et de guerres. Il s'agissait de protéger les déshérités, de prodiguer des soins aux malades, d'adoucir les derniers instants des mourants et d'aider matériellement les familles laissées sans ressources. Leur seconde mission était la manifestation publique de la foi catholique. Que ce soit par des commémorations à caractère religieux ou par l'ostension du Saint-Suaire de Turin, qui fut exposé sept ans à Nice, ils entouraient leurs apparitions d'une solennité propre à galvaniser la piété populaire. Le comté de Nice a toujours été un bastion conservatoire de ces traditions séculaires. En 1825, un habitant sur sept était pénitent ! Toujours vivantes, les confréries sont les plus vieilles associations niçoises.

– Combien de confréries existe-t-il exactement à Nice ?

– Quatre. L'Archiconfrérie de la Sainte-Croix, la plus ancienne, créée en 1306, communément appelée les pénitents blancs. Celle de la Miséricorde, ensuite, les noirs. Puis celle du Très-Saint-Sépulcre, les bleus, et enfin celle de la Très-Sainte-Trinité, les rouges, issue de la fusion de trois autres, celles du Saint-Nom-de-Jésus, du Saint-Esprit et du Saint-Suaire.

– Quelle était la couleur de ces dernières ?

– Rouge pour la première, blancs pour les deux autres. Mais pourquoi me posez-vous ces questions ?

Garri se lança.

– N'y a-t-il pas de confréries d'une autre couleur ?

– Si, dans le village ligure de Ceriana, au-dessus de San Remo, les verts.

– Vous ne m'avez pas parlé des pénitents pourpres.

– Ah, nous y voilà, le masque tombe. Vous êtes encore un de ces Dan Brown au petit pied de la presse à sensation. Pourquoi faut-il toujours salir ce qui est pur ? Je ne sais pas qui, et pour quelle raison, a lancé un jour cette rumeur, il y a des siècles de cela, selon laquelle une confrérie secrète aux buts inavouables se livrait à des pratiques scandaleuses dans les entrailles de la terre. Mais je sais qu'il se trouve régulièrement des candides, des sots ou des pervers pour prêter foi à ces sornettes. C'est le genre de fantasme de plumitif qu'on veut exhumer quand on n'a plus rien à dire sur le grand complot judéo-maçonnique, le monstre du Loch Ness, les caves du Vatican ou les carnets secrets de Hitler ! Alors, je vous préviens, vous vous couvrirez de ridicule et votre journal avec. Les pénitents pourpres n'existent pas. Il y a quatre confréries à Nice et pas une de plus.

– Vous comprenez que leurs tenues puissent alimenter les rumeurs : si leurs intentions sont pures, pourquoi alors se dissimulent-ils sous une cagoule pointue lors des processions ?

– Mais précisément parce que la charité se doit d'être anonyme ! s'emporta le laïc. Et parce que c'est le symbole de notre égalité devant Dieu. C'est le Ku Klux Klan qui nous a fait un tort épouvantable en travestissant un saint costume pour mieux frapper les consciences ! Vous aimeriez peut-être que nous pratiquions des cérémonies occultes, des rituels ésotériques, c'est cela ? Et pourquoi pas des immolations de vierges à la pleine lune, tant que nous y sommes ! Non, je suis désolé, monsieur, vous avez fait tout ce déplacement pour rien, vous poursuivez des chimères !

L'homme se calma. Son irritation avait d'indéniables accents de conviction. Le détective le pria de l'excuser de l'avoir importuné et s'apprêtait à se retirer, penaud.

– Une dernière chose, monsieur. Les pénitents jouent un rôle d'intégration sociale considérable aujourd'hui. Nos vallées se désertifient et si les funérailles que nous célébrons sont autant ritualisées, c'est qu'on naît de moins en moins dans les villages. Nous y pratiquons toujours davantage l'ensevelissement solennel des défunts, car la naissance n'est plus un critère d'appartenance à la communauté. L'inhumation en a pris le relais.

Il ne croyait pas si bien dire…

Calada[66] *Escoffier, Vieux Nice*
8 février, 12 h 04

« *Francia, basta !* »
Comme dans toutes les villes de la rive est du Var, les prospectus jaune fluo ronéotés sur une machine à alcool baveuse débordaient des emplacements réservés aux affichages électoraux. Sous la pression des populistes de tout poil, prompts à dégainer l'argument de la franchise d'impôts, il ne se trouvait plus une seule commune dans laquelle une liste indépendantiste ne se présentât. Au cœur des débats, la question fiscale avait fait monter d'un cran la tension et la perfidie des attaques. L'électorat n'avait plus le choix, amené à choisir son camp. Pour ou contre. Le Babazouk[67] était devenu une chaudière portée au rouge, prête à exploser. Garri parcourait ses ruelles, désarmé. Il avait mal à sa ville, il la flairait et ce qu'elle lui disait ne sentait pas bon. Elle, d'ordinaire si nonchalante, s'était muée en un champ de bataille où se révélaient les vieilles inimitiés. Les amis de la veille s'empoignaient, les familles se déchiraient. Jour après jour, les médias prenaient le pouls de cette inquiétante dérive. Sur les kiosques de presse, les gros titres de *Nice-Matin* enfonçaient le clou : « Le syndicat des hôteliers, inquiet d'une vague de rachats suspecte », « La valse des casinos », « La Côte d'Azur se brade. » On annonçait en première page que l'agence de développement économique du département avait reçu cent fois plus de candidats à l'implantation en une semaine que depuis sa création, vingt

ans auparavant. Les micros-trottoirs radiophoniques se multipliaient, tentant de comprendre les retournements d'une opinion volatile, égrenant leur lot de perles :
« L'impôt sur le revenu, c'est le plus injuste : c'est ceux qui bossent qui paient ! »
Profitant du désarroi des citoyens, des hommes providentiels naissaient chaque jour, inondant les boîtes aux lettres de professions de foi dithyrambiques, promettant de guérir jusqu'aux écrouelles, siphonnant sans vergogne les voix des partis légitimistes. Mais le plus inquiétant était la montée de la violence. Les faits divers énuméraient quotidiennement une sinistre comptabilité de fonctionnaires molestés : inspecteurs des impôts injuriés, contractuelles giflées en public, contrôleurs URSSAF reçus à coups de fusil, chiens de combat lâchés sur des huissiers du Trésor... On citait même le cas d'un agent du fisc ayant reçu par la poste un petit cercueil gravé à ses initiales.

Garri rentra au bateau, son havre de ressourcement, cherchant à se nettoyer de ces ondes vibrionnantes. Le vent frais qui peignait la surface de l'eau jouait dans les élingues métalliques des voiliers, telle une harpe géante. Porte ouverte sur l'immensité maritime et sur tous ses rêves d'ailleurs, le port semblait le seul espace échappant encore à la folie collective. GG passa une partie de l'après-midi à surfer sur Internet, enregistrant ce regain de fièvre. Les blogs haineux d'incitation au passage à l'acte contre les représentants de l'État se multipliaient. Ce formidable accélérateur qu'était le Web propageait sans distinction véritables informations et fausses rumeurs. De mystérieux groupuscules soufflaient sur la braise, bardés de toute une quincaillerie de symboles qui balayaient un large spectre de courants : des néo nazis identitaires de la droite ultra aux dissidents trotskystes de la gauche prolétarienne

rouge, en passant par les anarchistes rebelles partisans de la lutte armée, voire l'extrême-centre jusqu'au-boutiste... Un magma de pseudo-convictions qui allaient curieusement dans le même sens, l'exigence de franchise fiscale... À tout hasard, le Niçois envoya un e-mail à Renaud, le jeune geek[68] qui s'occupait de son installation informatique, en lui demandant d'essayer d'identifier les auteurs de ces manifestes.
La région était devenue une chienne, prête à mordre la main qui l'avait nourrie et à lécher celle qui lui apportait un os à ronger. Un frisson parcourut le dos du détective, toujours penché sur son écran bleuté, cherchant dans le cyberespace le fil d'Ariane de cette pelote embrouillée. L'humidité tombait sur le pont, avec l'arrivée de la nuit. Une obscurité pesante s'insinua bientôt alentour, à l'unisson des esprits exaltés.

Le moral dans les chaussettes, il se prit la tête dans les mains. Les jours passaient et l'échéance de l'ultimatum lancé par les Frères de la Côte se rapprochait. Son enquête était au point mort. Les pistes s'effilochaient, se perdaient dans le sable, ses requêtes ne trouvaient pas de retours concrets. Comment infiltrer réellement les méchants ? Son seul repère demeurait pour l'instant le fameux Libanais évoqué à Seborga. Il chercha pour la dixième fois à joindre José. Le répondeur de l'Oranais lui répondait inlassablement « Votre correspondant ne peut être joint. Veuillez renouveler votre appel ultérieurement », message ponctué de l'inévitable piano de Richard Clayderman en bande d'attente. Déplorant que l'artiste ne se soit pas résolu à ôter ses gants de boxe pour dérouler ses arpèges, il raccrocha en maugréant.
Côté pénitents pourpres, c'était toujours l'impasse. Tout le monde s'accordait à penser qu'ils n'existaient qu'en rêve. Le seul qui les aurait vus, l'organisateur de rave parties clandestines, était introuvable, et pour cause. Garri en avait été réduit à demander à

Magali, la fille de son ancienne voisine de la rue Pairolière, Mme Squarciafichi, de retrouver sa trace parmi ses copains de lycée. Mais rien ne remontait non plus de ce côté-là.

Quant à découvrir l'identité du meurtrier de l'archéologue, là encore, stand-by. Même si le poison utilisé était identique à celui qui avait tué son mari, le lien entre la Roumaine et le meurtre du chercheur n'avait pas pu être établi. Seuls, dans les locaux aseptisés de leur laboratoire, les experts de la police scientifique continuaient à éplucher avec méticulosité les éléments recueillis sur la scène du crime, dans la boue du chantier. Mais les espoirs de découvrir un indice diminuaient chaque jour, d'autant que l'assassin semblait bien connaître son affaire et qu'il avait soigneusement effacé ses traces. On n'avait pas trouvé à analyser le moindre échange de fibres entre ses vêtements et ceux de sa victime.

Enfin, on ne pouvait toujours rien tirer du rescapé de l'explosion à l'agence Exclusive Top. Engoncé dans ses bandelettes, nourri par intraveineuse, il ne pouvait répondre que par oui ou par non aux questions, en clignant des paupières, ce qui ralentissait le débit de ses éventuelles révélations. D'autant que le corps médical veillait et n'autorisait aux enquêteurs que de brèves séances d'interrogatoire. De toute façon, ce n'était visiblement qu'un second couteau.

Le passage au peigne fin des dizaines de transactions qui faisaient changer de mains les principales infrastructures touristiques de la région ne donnait pas davantage d'éclairage. Dans l'entrelacs de sociétés taxi, de comptes offshore, d'écrans de fumée et d'hommes de paille, les spécialistes de la brigade financière en auraient eu pour des années à remonter les filières, si tant est qu'ils aient pu être mandatés pour cela. Et pour l'instant, aucun établissement financier n'avait signalé à TRACFIN, la cellule de lutte antiblanchiment, la moindre opération douteuse.

Garri sentait confusément que le crime organisé était derrière tout cela. Main basse sur la ville. L'opération-commando était parfaitement coordonnée. Restait à le prouver…

La sonnerie de son portable interpréta *You can leave your hat on,* l'indicatif de Salomé.

– Salut, le Dgé. Je sais que tu as programmé ton smartphone sur une sonnerie bien à moi. Donc, si tu décroches, c'est que tu n'es pas entre les bras d'une de tes pétasses peroxydées.

– Non, je suis au sauna du port, coincé entre deux grands blacks musculeux.

– J'aime mieux ça. Tu vois, je ne suis pas rancunière, je viens prendre de tes nouvelles.

– L'enquête patauge. Et la région est tendue comme une corde à piano.

– Comment gères-tu la situation ?

– Je vais allumer ma chaîne hi-fi et lancer l'intégrale de William Sheller : ça m'aidera à comparer les mérites respectifs du gaz, du nœud coulant et des barbituriques.

– Allez, mon Garri, reprends-toi ! Souviens-toi qu'un jour, dans le ventre de ta mère, c'est toi qui as été le spermatozoïde le plus rapide !

Cette évidence le réconforta.

Palais des Festivals et des Congrès, port de Cannes
10 février, 5 h 17

Relayée par le kit mains libres Bluetooth, la voix sortit une dernière fois des haut-parleurs de la Coccinelle, emplissant l'habitacle.

– Maintenant, vous devez voir la mairie sur votre gauche. Continuez sur environ trois cents mètres et parquez-vous devant la gare maritime. On vous y attend.

Le Libanais était un homme prudent. Le lieu de son rendez-vous n'avait pas été fixé à l'avance mais s'était précisé par une sorte de radioguidage au fil de leur itinéraire. Un nouvel appel leur communiquait chaque changement de direction, probablement via une carte SIM précréditée et un numéro qu'on n'utilise qu'une fois. Leurs interlocuteurs brouillaient les pistes. Pas de repérage ultérieur possible par triangulation des opérateurs de téléphonie mobile. De vrais professionnels de l'ombre. Et le tracé sinueux que leur avaient imposé les correspondants en pleine nuit avait certainement rompu la filature en visuel mise en place par le commissaire. Si cela tournait au vinaigre, il ne faudrait pas compter sur la cavalerie pour les libérer du poteau d'exécution... Sur le siège passager, José Ortega partageait l'inquiétude qui rongeait Garri, mais il affichait la même décontraction de façade. Il ne lui avait fallu que quelques jours pour retrouver, par ses réseaux, la trace de Charaf, qui avait combattu sur la même ligne de front que lui dans sa période kaki.

Ils se garèrent à l'endroit convenu. Le conducteur glissa ses clés de contact sous le siège, près de son automatique. Les rues étaient vides à cette heure si matinale. Un porte-flingue basané sortit de l'ombre. Les joues bleues de celui qui s'était rasé avec une carte de visite accentuaient le faciès balkanique prononcé. Si son ignorance de la langue de Molière était abyssale, le nuancier de ses grognements valait tous les commentaires de guides-interprètes. Il les dirigea le long du quai vers la nouvelle Rotonde Riviera, avec deux autres nuisibles qui leur avaient emboîté le pas.

Les doux accents d'une goualante techno leur parvenaient maintenant distinctement aux oreilles. Le Bunker était un club-discothèque éphémère, qui louait la salle Lérins du premier étage tous les samedis soirs, en arrière-saison. Malgré la proximité de l'aube, plus de deux mille cinq cents noctambules se pressaient encore dans la vaste pièce circulaire et sur la terrasse, où l'on pouvait fumer en paix face au panorama exceptionnel de la Croisette, du fort de l'île Sainte-Marguerite et de la colline du Suquet illuminés.

Un physionomiste les dévisagea à l'entrée, à peu près aussi avenant que le fruit de l'accouplement d'un bouledogue et d'un mastif. Il mâchonna son micro posé sur l'épaule.

– Rendez-vous M. Charrraf êtrrrre arrrivé.

Puis, il leur fit face.

– *Dobredien*[69].

Une fouille au corps prolongée s'ensuivit. Garri crâna.

– T'attardes pas trop sur l'entrejambe, mon gros, on jaserait. Tu sais comment sont les gens...

Ils entrèrent dans la boîte, assaillis par un flot de décibels et un fort parfum d'aisselles en folie. Voilà ce que c'était que de renvoyer les sans-sueurs... Encadrés par leurs maîtres d'hôtel patibulaires, ils se frayèrent un chemin en direction de la piste de pole dance qui surplombait la cabine du DJ.

Une go-go girl ondulait à chaque extrémité. Le Niçois reçut un coup au plexus. Sur sa gauche, se lovant de façon sensuelle autour de la barre verticale dans la plus pure tradition des strip clubs, la métisse qu'il avait entraperçue dans le salon d'Exclusive Top mimait un flirt poussé avec l'appendice d'inox que tous les mâles de la salle rêvaient de remplacer. Déshabillée d'une minijupe stretch pailletée d'or et d'un caraco assorti, qu'elle avait dû enfiler avec un chausse-pied, elle enlaçait le métal rigide de ses longues jambes brunes, que rehaussaient des cuissardes à talons. Lorsqu'ils arrivèrent à sa hauteur, elle se retint à la colonne des deux bras et plongea en avant, offrant à la convoitise des spectateurs une poitrine au galbe prometteur.

– Putain, c'est du lourd, cria José à l'oreille du détective.

– Du très lourd, admit ce dernier, encore sous le choc de cette première preuve de la collusion entre les Frères de la Côte et la pègre russe. À leur passage, la bombe lui lança un regard de braise à faire fondre la banquise, avant de se retourner et de lui agiter sous le nez une croupe incendiaire. Le genre de femelle qui ne devait pas laisser tomber sa gomme dans un bureau, sous peine de ne plus pouvoir s'asseoir pendant quelques jours. Toute conscience annihilée, tel un plongeur en apnée profonde, son sang se concentra sur la partie de son corps la plus sollicitée : le cerveau reptilien. Les mouvements lascifs de la danseuse éveillèrent en lui une avidité primale. Dans les moments de grande tension, il cherchait toujours un ventre où se perdre.

Ils furent opportunément introduits dans un salon privé. Les parois capitonnées amortissaient l'essentiel des déferlantes de la *house music*. Mais sans l'image, la bande-son perdait singulièrement de son intérêt… Le Levantin étreignit longuement l'ancien de l'OAS, les yeux humides. Les soldats perdus, venus prêter main-forte aux chrétiens maronites à l'époque, n'étaient pas nombreux. La fraternité d'armes était comme la mauvaise herbe, elle repoussait toujours. Surtout après l'orage. Ils s'observaient, se sentaient à demi-mot, comme tous les meurtris des guerres fratricides. En bons déracinés, les deux hommes étaient soudés par la violence des souffrances partagées. Pour eux, le passé était un cauchemar et l'avenir une simple hypothèse, pour avoir vu nombre des leurs fauchés en une seconde. Seul le présent était un cadeau. Ils se connaissaient déjà trop et, dans cette circonstance particulière, se reniflaient, cherchant l'adhésion, la faille ou l'embrouille. Victor Charaf laissa finalement glisser, ému :

– Les guerres civiles sont des chiennes. Elles déchiquettent et endeuillent jusqu'au sein des familles.

Puis il referma sa cuirasse, honteux de l'avoir entrouverte.

– Monsieur Gasiglia, vous m'avez dit au téléphone que vous vouliez rejoindre nos rangs. Pourquoi ?

– J'ai appris par ma copine, l'ancienne assistante de Me Gapeani, que vous auriez le pouvoir de ne plus faire payer d'impôts aux Niçois. Je le suis depuis des générations et je n'ai jamais admis l'invasion française. Sans nerf de la guerre, cet état colonial se fera moins présent. À terme, mon but est d'aider le comté de Nice à retrouver son autonomie.

La dernière assistante de l'avocat était partie au Canada et le discours indépendantiste était crédible. Des milliers de Niçois partageaient déjà cet avis et les mafieux ne se priveraient pas d'exploiter cette colère. Quitte à soumettre par la suite les habitants à leur volonté, comme les bourgeois éclairés avaient utilisé le peuple de la Révolution française pour mieux confisquer le pouvoir à leur profit. Le Libanais le fixa intensément, fouillant ses pensées. Le Niçois les précéda.

– Je suis détective privé de profession, accepté partout. Je peux vous aider efficacement. Mais si vous le permettez, une question me ronge.

– Il n'y a que les réponses qui puissent être indiscrètes.

– Étendre votre champ d'action à tout ce territoire, déjà l'un des plus chers du monde, ne pensez-vous pas que ce soit réellement indigeste ?

– Au contraire ! La sagesse, c'est d'avoir des rêves assez grands pour ne pas les perdre de vue quand on les a réalisés. Avez-vous parlé à quelqu'un de votre entourage de cette initiative ? Une femme ? Un ami ?

– Je suis célibataire. Je n'en ai parlé à personne.

– Sage précaution, répondit le Levantin, citant ses classiques : « La parole que tu lâches devient ton maître. Celle que tu retiens demeure ton esclave. » Je vous accueille avec plaisir parmi nous, nous aurons besoin de toutes les bonnes volontés dans les jours qui viennent.

– En quoi puis-je vous être utile, maintenant ?

– Vous le pourrez bientôt, soyez patient. Travailler sans recul est un progrès pour le canon, pas pour l'homme. Pour l'instant, une phase préparatoire de l'opinion publique est nécessaire. Il faut se faire des alliés des habitants et observer la réaction de l'État. Ensuite, seulement, nous pourrons mettre en œuvre l'une ou l'autre des options que nous avons envisagées. Un grand Meccano se prépare. Il faut toujours s'insérer dans une onde préexistante, accompagner le mouvement. Regardez les dauphins, leur nage est une belle métaphore de la vie, ils nous apprennent à surfer. Moi, je donne simplement l'impulsion initiale à la vague que j'ai choisie, l'opinion. J'espère la voir gonfler, submerger le gouvernement français et nous porter facilement sur le rivage. Sans elle, on ne peut rien. Avec elle, on peut tout.

Garri, d'ordinaire si cartésien, était fasciné par la dialectique poétique du Libanais. Il s'en voulut cependant de cette attirance. Comme beaucoup d'Orientaux, l'autre était un incorrigible séducteur.

– Mon bras droit va vous indiquer dans un moment la marche à suivre, je vous remercie de bien vouloir patienter dans la pièce à côté.

Ils se retrouvèrent sur un canapé, face à un ruminant placide. La brute slave type, qui arborait pommettes hautes, crâne rasé et bacchantes tombantes. Il mâchait bruyamment un chewing-gum Orbit, gonflant à intervalles réguliers d'élégantes bulles verdâtres jusqu'à ce qu'elles éclatent d'un bruit sec. Il leur tendit un bol de cacahuètes rances, dans lequel toute la bande avait déjà dû se servir. Le récipient devait recéler au bas mot deux milliards de coliformes… Ortega les repoussa.

– Si je mange ça, je meurs ; et si je meurs, ma mère, la pôvre, elle me tue !

L'attente se prolongeait sous le regard vide du bovin aux bulles exaspérantes. Une sourde appréhension commençait à nouer le privé. La plupart des agents doubles n'avaient plus mal aux dents depuis longtemps et il doutait qu'une assurance décès existe pour les infiltrés, même à la Lloyd's de Londres. L'atmosphère avait tourné à la veillée d'armes, de ces curieuses périodes de calme qui précèdent la tempête.

– Tu sais, fils, murmura l'Oranais, j'ai résisté à tout dans ma vie. Les amibes, le palu, la chtouille. J'ai fumé des gardes mobiles, j'ai mis le compte à des fellaghas qui avaient mitraillé des terrasses de café, j'ai dessoudé quelques druzes à l'arme blanche dans les ruines de Beyrouth. Ce qui ne nous tue pas nous rend plus forts, alors c'est pas quelques russkofs…

– Pourquoi tu dis ça ? Ils sont hostiles ?

– Je les sens pas, je peux pas te dire pourquoi. L'intuition née sur les champs de bataille… Va sa'oir si ç'ui-là y veut pas nous donner sa mère. Mais je te jure que si y bouge, ce *falampo*[70], je lui mets un coup d'boule oranaise que le mur y lui en rend une autre.

Il parlait d'une voix caverneuse, enfermé dans sa douleur. GG frémit en voyant ses mains poilues, larges et massives comme des battoirs. Elles n'avaient visiblement pas serré que des boules de pétanque.

– Finalement je ne sais rien de toi. Tu es marié ?

– Oh, malheureux ! Une femme, c'est comme une piscine : quand tu fais le rapport entre ce qu'elle coûte à entretenir et le temps passé à l'intérieur, tu te remets vite fait aux bains de mer…

Le fou rire du Niçois fut interrompu par l'arrivée d'un garde du corps qui fit signe à José de l'accompagner. Garri n'aimait pas du tout ça. Il se leva au bout d'un instant pour se dégourdir les jambes, mais l'Ivan le repoussa violemment sur son canapé. Il n'eut pas le temps de s'inquiéter. Le pied-noir revenait, l'autre bodyguard toujours sur les talons. Il avait l'air gêné.

– Le Phénicien m'a rappelé une vieille coutume pratiquée au Liban, durant la guerre civile, pour éprouver la fidélité à sa cause au sein d'une même famille. Il m'a demandé de lui fournir ce gage. Désolé, fils, c'était toi ou moi.

Il tendit la main vers le Russe qui y glissa un pistolet prolongé d'un silencieux. Comme dans un cauchemar, Garri vit José le viser, l'œil noir du canon dirigé vers son torse. Il fut violemment projeté contre le mur et perdit conscience dans le centième de seconde.

Coulisses de la Rotonde Riviera,
palais des Festivals et des Congrès, Cannes
10 février, 6 h 07

Sa tête cogna violemment contre le sol. Il fut saisi d'un haut-le-cœur et rendit un jet de bile qui lui brûla la trachée. Garri revint à lui, s'attendant à voir un ange du paradis. En guise de séraphin bouclé, il distingua le buste de taureau de José, la main levée, prêt à lui asséner une seconde claque.

– Tu vas te réveiller ou je te balance encore une *bouffa*[71] ?

Cette perspective peu réjouissante le fit s'asseoir. Les deux mafieux étaient affalés sur le sol, tels des pantins désarticulés. L'Oranais lui déboutonna la chemise.

– Ma parole, il est solide ton gilet pare-balles ! Allez, enlève-le, ça t'allégera. On met les bouts.

Le détective, encore sonné par le choc, effleurait la plaque de métal bosselée par l'impact, incrédule. Devant son air hébété, l'autre précisa.

– Mon ralliement, c'était d'la *zoubia*[72]. Mais il fallait qu'ils lisent la peur dans tes yeux pour y croire. Quand ils t'ont vu sombrer, ça les a rassurés, ils ont baissé la garde. Je n'avais qu'une seule balle dans mon chargeur, celle qui t'était destinée. Aussi, quand le gros moustachu s'est baissé pour te traîner dehors, j'en ai profité pour lui piquer son feu et leur mettre une valda dans le citron à chacun.

Heureusement, la sono avait couvert les coups de feu. Ils récupérèrent les Tokarev des Cosaques et revinrent dans l'antichambre du Libanais. Vide. La porte par laquelle ils étaient arrivés était gardée comme fort Knox, impossible de l'emprunter. Une autre ouverture, capitonnée, se présentait au fond du couloir. Ils la franchirent et se retrouvèrent dans le vestiaire des danseuses, assaillis par un ouragan de son qui leur martela les tempes. Le DJ avait encore monté la sauce. Ouvrant le rideau de scène, ils atterrirent sur les planches où serpentaient les frangines, bien décidées à procurer une érection à leurs barres métalliques. Deux mille paires d'yeux les fixèrent avec étonnement. Question discrétion, c'était champion.

– Prends la blonde ! hurla le pied-noir en se saisissant de la métisse et lui braquant l'automatique sur la tempe.

Garri se précipita sur l'autre danseuse et l'enserra. Ils leur firent descendre les marches et se frayèrent un chemin vers la sortie, tandis que la foule s'écartait. Heureusement, les filles, tétanisées, ne leur opposaient aucune résistance et les cris de la foule étaient couverts par les décibels. La discothèque n'acceptant plus les entrées, le physionomiste était seul à l'extérieur. Il roula des yeux effarés avant que José ne l'assomme d'un coup de crosse. Ils coururent vers la voiture, se servant des filles comme de boucliers. La Scandinave les ralentissait, clopinant sur ses talons aiguilles. Un cri les glaça.

– *Astarojna, blet !*[73] Deux rousskis jaillirent de l'arrière du bâtiment. L'un des deux visa Garri, qui s'abrita derrière la danseuse.

– *Oubi eio !*[74]

Le nettoyeur aligna posément la fille et tira. Elle s'affaissa comme une poupée de chiffon dans les bras du Niçois, horrifié. Il lâcha le cadavre et courut en zigzaguant vers la Cox, tandis que José vidait son chargeur sur l'assaillant, le refroidissant à son tour. Le survivant ne demanda pas son reste et partit chercher du renfort. Garri démarra en trombe et ouvrit la porte à la volée.

– Allez, *boulègue lou batèou !*[75]
Le pied-noir poussa la métisse à l'arrière et se jeta en vrac sur le siège, pendant que le conducteur accélérait, laissant la moitié de la gomme sur le goudron. Il évita de peu une énorme benne à ordures qui manœuvrait et fonça droit devant lui, longeant le port, contournant le Sofitel et filant contre le front de mer. L'aube naissante faisait apparaître des contours de lait autour d'eux. Une jolie brise indigo peignait les plages de sable. Derrière eux, la Croisette allait s'éveiller en bâillant sous les feux du soleil levant, en un chromo de carte postale. Ils s'apprêtaient à souffler lorsqu'un projectile étoila la vitre arrière. La calandre d'une BM s'encadra dans le rétroviseur.

– Les enfoirés, je suis pas assuré pour les bris de glace.
La fille tremblait de tous ses membres, les dents transformées en castagnettes. José la plaqua sur la banquette et visa les agresseurs. Le percuteur claqua à vide.

– Merde, j'ai plus de munitions !

– Prends le Taurus, sous mon siège.
Le temps que l'Oranais le récupère, ils avaient essuyé deux nouveaux coups de feu qui se fichèrent dans la carrosserie. Il claqua le chargeur d'un coup sec et fit monter une cartouche dans la culasse. Visant de son mieux, il appuya sur la queue de détente. Le pare-brise des poursuivants se fissura instantanément. La berline ralentit, surprise.

– On va pas arriver à les semer.
Un panneau routier croisé à un rond-point alluma un signal en Dgé : « Direction Mandelieu ». Les autres revenaient à l'attaque. Boosté par l'adrénaline, son cerveau venait de lui souffler une idée. L'un de ses copains, un fondu d'aviation légère, passait son temps libre à assurer des baptêmes de l'air au départ de l'aérodrome.

– José, prends mon portable et cherche « Francis Fortuné ».
Empêtré de son flingue, ses gros doigts malhabiles glissant sur

les petites touches, il s'y reprit à plusieurs fois pour lancer l'appel. La voix amie résonna dans l'habitacle.

– Allo, Sissou ?

– *Adiéou, Garri ! va ben ?*

– Tu es sur le terrain, comme d'hab'?

– Oui, je fais du refueling pour un vol d'entraînement.

– Alors, je te réquisitionne, j'ai besoin d'une exfiltration d'urgence. On est trois !

– Mais qu'est-ce qui t'arrive ?

– On me canarde, je t'expliquerai. On déboule dans cinq minutes. Où es-tu ?

– À la station d'avitaillement, en face de l'aéro-club.

– Tu seras prêt à décoller ?

– Oui, mais pour aller où ?

– Le plus loin possible !

– Tu fuis encore un mari jaloux ?

– Déconne pas, c'est une question de vie ou de mort !

L'autre avait un peu tâté de la contrebande d'objets d'art en Afrique, autrefois, dans sa période trouble. Habitué à gérer les situations de crise, il avait de l'encaisse et eut la présence d'esprit de lui rappeler le code du portillon d'accès à la piste. Heureusement, les routes se peuplaient de camionnettes d'artisans du BTP et, jusqu'ici, ils étaient arrivés à jongler tant bien que mal avec les funestes pendus à leurs basques. Mais le museau agressif de la berline allemande s'était rapproché pour l'hallali et deux bras prolongés d'un flingue les visèrent calmement.

Terminal aviation d'affaires, aéroport de Cannes-Mandelieu
10 février, 6 h 57

En provenance de Varsovie, le triréacteur Dassault Falcon 900 qui venait d'atterrir suivait sagement le petit véhicule électrique follow-me de la CCI vers son poste de stationnement. Véritable salon volant, l'appareil à long rayon d'action était la propriété d'un des plus importants groupes chimiques allemands. Le P.-D.G. ramenait ses trois principaux clients d'une chasse privée au grand gibier dans les forêts polonaises et ces derniers évoquaient encore avec excitation leurs performances cynégétiques. Ils savouraient ces derniers instants de détente avant la tenue du symposium professionnel auxquels ils allaient participer, sans transition, dans l'enceinte du palais des Festivals et des Congrès de Cannes.
L'homme d'affaires était un familier du terrain, l'un des plus vieux sites aéronautiques français, qui s'étendait au pied de la butte de Saint-Cassien, sur laquelle les Grecs avaient déjà élevé un petit temple. Il en appréciait la convivialité, l'accueil personnalisé, la qualité des prestations d'assistance et la rapidité des opérations. Et, surtout, la cohabitation incongrue avec l'escadrille de coucous à hélice des aéro-clubs résidents et de leurs pilotes : l'ambiance passionnée et bon enfant de ces merveilleux fous volants en bombers de cuir râpé le changeait agréablement de l'univers policé des escales habituelles de l'aviation d'affaires. Il regretta de ne pouvoir rejoindre la Croisette en bateau comme il le faisait d'ordinaire, son Riva

étant amarré à l'année sur les bords de la Siagne, à quelques centaines de mètres. Mais aujourd'hui, il se devait d'offrir un service impeccable à ses hôtes. Chasuble fluo et talkie en bandoulière, le placeur descendit de son engin et indiqua au pilote l'emplacement au sol à l'aide d'un ballet de bâtons lumineux. L'avion s'immobilisa bord à bord d'un hélicoptère rouge et blanc fuselé d'Héli Air Monaco : l'Écureuil EC 130 qui devait les déposer en un saut de puce de deux minutes sur l'hélistation installée quai Laubeuf, à l'extrémité de la jetée du port de Cannes.

Une hôtesse en uniforme bleu marine et blanc accueillit les businessmen à leur descente de l'appareil et leur proposa un café ou une coupe de champagne, le temps que les formalités de police et le contrôle de leurs bagages soient effectués. Les sacs réfrigérés de gibiers seraient transférés directement dans la limousine, qui les chargerait sur le parking privé.

Le petit groupe se dirigea vers la terrasse en teck du salon VIP *lounge*, un confortable espace d'osiers et de coussins écrus situé à côté du bureau vitré des opérations aériennes.

– *Hello, Olivier, how are you ?* s'écria le président, jovial, en tendant la main au responsable qui venait à leur rencontre. Souriant, le chef d'exploitation n'eut pas le temps de répondre. Un craquement de bielles malmenées, suivi d'un violent crissement de pneus, leur fit tourner la tête.

La Coccinelle de Garri venait de déboucher sur le parking et, après un virage à droite sur les chapeaux de roues, disparut en direction des petits bâtiments de bois des aéro-clubs. Quelques zigzags plus loin, elle s'immobilisa brutalement sur le parking d'une cabane au charme rétro, qu'un écriteau branlant désignait fièrement comme le siège de l'Union aéronautique de la Côte d'Azur. Le détective jaillit de l'habitacle et s'engouffra dans le Club house, Ortega et la métisse sur les talons. Ils le traversèrent en trombe, sans prendre le temps de goûter à l'atmosphère surannée de ces bars d'escadrilles de la bataille d'Angleterre, avalèrent la terrasse et débouchèrent sur le tarmac. Un Rallye bleu et blanc faisait rugir son moteur près des pompes à essence, cockpit ouvert. Ils piquèrent un sprint final, montèrent sur les ailes et s'affalèrent sur les sièges, le pied-noir à côté du pilote.

– Merci, Sissou, tu es un ange. Allez, on bouge, vite !

Le petit monomoteur s'ébranla en cahotant, tandis qu'ils ajustaient leurs ceintures de sécurité et que Francis réglait son casque à gros écouteurs.

– Le sol, de Fox Bravo Lima India Novembre, trois passagers à bord, demande roulage pour la 35.

– Fox India Novembre, roulez pour la 35.

Ils longèrent rapidement l'aérogare, dépassèrent le jet dont l'équipage transférait les bagages dans l'Écureuil monégasque et se dirigèrent vers le bout de la piste, au maximum de la vitesse autorisée. L'appareil s'immobilisa sur le point de manœuvre et le pilote fit une check-list éclair. Essais magnétos, commandes libres, volets, pompe à essence, phares, frein de parc desserré, levier de cran de volet, tout était OK. Il verrouilla la verrière, déroula la molette de la radio sur la fréquence 118.62 et fit sa demande de clairance.

– La tour, bonjour, au stop 35. Je suis prêt pour un rouling take-off.

– Fox India Novembre, décollage autorisé ; vent calme 5 nœuds au 260.

Il lança les gaz et décolla en quelques secondes. Pendant qu'ils prenaient de l'altitude, voyant les collines de mimosas rétrécir progressivement, ils ditinguèrent la BMW bloquée derrière le portail de la tour de contrôle.

– Où va-t-on ?

– L'aérodrome de Vinon-sur-Verdon, ça te branche ?

– Nickel-chrome.
Le Niçois posa au passager avant la question qui lui brûlait les lèvres depuis le début de leur fuite.

– José, tu ne m'as pas vraiment dit pourquoi tu m'as épargné tout à l'heure. Tu as pris un risque insensé, alors que si tu m'avais fixé ils t'auraient accepté parmi eux.

– Je vais te dire une bonne chose, fils, reprit le pied-noir. On m'a viré de ma terre natale en 62 ; alors, pas question qu'on m'éjecte à nouveau du comté de Nice qui m'a ouvert les bras. J'en ai marre, qu'on me foute dehors de mon territoire, tu comprends le coup ? Ici, c'est mon pays d'adoption. Alors, ces *coulos*, je les conchie.

– De toute façon, ils vous auraient tué aussi, intervint la fille, qui ouvrait la bouche pour la première fois.

– Qu'en sais-tu ?

– J'étais une proche du Phénicien, le cadeau de bienvenue d'Evgueny, et il ne se gênait pas pour parler devant moi. À ses yeux, je n'étais qu'un objet. Ils avaient l'intention de vous tuer, ils savaient que vous travailliez pour les flics.

– C'est pas possible, répliqua José. Notre mission était ultra-confidentielle.
Garri comprenait mieux le luxe de précautions pour semer d'éventuels poursuivants, à leur arrivée. Il se souvenait maintenant de ce qu'il avait lu dans les yeux de la go-go girl en croisant son regard dans la discothèque. Un mélange de pitié et de désir à la fois. L'instinct de vie sur un condamné à mort…

– Jo, elle ne ment pas. Il faut se rendre à l'évidence, nous avons été donnés.
Un lourd silence s'installa. Un traître à un si haut niveau, c'était impensable. Ils étaient l'infiltreur infiltré. La partie se corsait. Le détective ne savait plus désormais à qui faire confiance.

– Pourquoi tu ne t'es pas échappée, quand on courait vers la voiture ?

– Je n'attendais qu'une occasion pour leur fausser compagnie. Ce sont des sadiques. Je suis Comorienne et je me suis enfuie vers Mayotte. J'ai emprunté leur filière d'évasion vers la France parce qu'ils m'avaient promis un passeport et un boulot de mannequin. Au lieu de ça, ils m'ont séquestrée, battue, humiliée, comme la plupart des autres filles. C'est leur méthode pour nous rendre dociles. Gardez-moi avec vous, je vous jure que je ne vous ferai pas d'histoires.

– Comment t'appelles-tu ?

– Guadalupe.

Elle prononçait « gouadaloupé » avec un accent chantant.

– J'ai du mal à identifier tes origines.

– C'est normal, tout l'océan Indien coule dans mes veines.

L'imagination du Niçois s'envola ; ça vous avait des senteurs d'îles vanillées, de brises tièdes et d'étreintes lascives sous les cocotiers qui lui fouettèrent le sang. Le soleil levant envahissait lentement la cabine d'une poudre dorée. Le ronronnement du moteur les berçait de son rythme rassurant. Enfin en sécurité après les événements de la nuit, ils relâchaient leur tension et sombrèrent dans une indicible torpeur. Garri sentit un poids léger peser sur son épaule, tandis qu'un souffle caressait bientôt sa nuque. La fille s'était assoupie contre lui, épuisée par tant d'émotions. Son *dress code* de boîte de nuit avait quelque chose de décalé dans ce cockpit rustique. Elle avait fait glisser ses hautes bottes sur le plancher et gracieusement replié l'un de ses pieds nus sous le genou opposé, dévoilant ainsi son intimité. Sa minijupe pailletée d'or était remontée jusqu'au pubis, révélant de longues jambes brunes, que surmontait le renflement d'un string rose sur un mont de Vénus épilé. Une des fines bretelles de son caraco avait glissé, prêtant à la caresse une épaule dorée et la moitié d'un sein qui palpitait. Il sentait la chaleur de son corps dénudé, un parfum mêlé de sueur sucrée et d'épices aux accords capiteux. Confronté à la peur de mourir, son organisme

avait balancé une décharge d'adrénaline, qui le faisait toujours bouillir et lui martelait les tempes. Une furieuse envie de vivre irrigua son bas-ventre. Et cette créature de rêve, mélange de femme fatale et de sauvageonne, faisait remonter en lui nombre de fantasmes inassouvis, dont elle offrait une troublante synthèse. L'idée de consommer la compagne de son ennemi, même contre son gré, n'était d'ailleurs pas pour lui déplaire. La favorite du sultan, une prise de guerre en quelque sorte.
José ronflait comme un sonneur et Francis, écouteurs aux oreilles, se concentrait sur son vol. Il la saisit délicatement par le cou. Le souffle de l'hétaïre s'accéléra et ses lèvres glossy s'écartèrent, révélant une rangée de dents éclatantes. Il n'eut pas à la forcer. Sans ouvrir les yeux, elle se rapprocha insensiblement et plaqua sa bouche sur lui. Leurs souffles se mêlèrent, comme s'ils s'étaient toujours connus. Ils s'embrassaient et se mordillaient tout à la fois, avec la convoitise de ceux qui rattrapent le temps perdu. Il l'enlaça. La douceur de cette peau de soie, dont il découvrait la caresse, alliée à cette teinte café au lait, lui donnèrent l'impression d'être Salomon étreignant sa reine de Saba.

« Ratatatatatatata. » Une courte rafale de pistolet-mitrailleur les interrompit brutalement. Francis décrocha par réflexe, évitant la gerbe de balles.

– Bordel, Garri, mais dans quel merdier tu t'es encore foutu ?
Ils regardèrent de tous côtés à travers le cockpit vitré.

– Là, à huit heures, un hélico, reprit le pilote. C'est l'Écureuil de Mandelieu. Tes copains ont dû le détourner.
L'autre revenait à l'assaut, faisant une passe latérale qui n'eut pas plus de succès. Titulaire de près de mille heures de vol, Sissou était un pilote chevronné. Il louvoyait au maximum pour essayer de leur échapper, jouant des palonniers, cramponné au manche et enchaînant les évolutions aux limites ultimes de résistance de la machine.

– On vient de survoler le village d'Ampus. Je vais passer au-dessus du camp d'entraînement d'artillerie de Canjuers. Cela fera peut-être réagir les militaires.
Plus rapide, l'AS 350 grimpait pour disposer d'un facteur de charge positif. Il s'inclina, effectuant un virage serré quasiment à 90°, et le sulfatage recommença. Francis actionna l'interrupteur de la radio.

– Mayday, mayday, sommes en difficulté, mitraillés par…
« Shhhhhhhhrack ! » Un tir mieux ajusté frôla l'habitacle. L'une des balles troua la verrière et vint fracasser l'émetteur.

– Merde ! On est muets. Remarque, je connais bien le commandant de bord de l'hélico, c'est un ancien de l'EAALAT[76], au Cannet-des-Maures. Il a sûrement réglé son transpondeur[77] à leur insu sur le code 7500. Le contrôle aérien doit déjà savoir qu'il a été détourné.
Un courant d'air glacial s'infiltrait maintenant dans la cabine par l'éclat de la balle dans le pare-brise. Le sifflement assourdissant couvrait leurs voix.

– Que comptes-tu faire ? hurla Garri.

– Le Galérien est un avion de montagne avec lequel j'atterris sur l'altisurface de Valberg. Mais, si je me pose, je devrai ralentir et ils nous abattront comme à la parade. On va plutôt obliquer sur la gauche et prendre l'alignement de la centrale nucléaire de Cadarache. Quand les radars militaires vont nous accrocher, ils croiront à une tentative d'attentat et nous enverront la cavalerie. En décollant de la base d'Orange, les Mirage seront sur nous en moins de deux minutes.
L'hélico revenait à la charge. Les passagers étaient écrasés sur leurs sièges par la stupeur et la sensation de leur impuissance. Échevelée, Guadalupe se mordait le poing au sang pour ne pas hurler. Seul Francis maîtrisait la situation.

– Il est plus rapide que nous. Mais comme il a ouvert sa porte coulissante pour mieux viser, il affaiblit la rigidité de sa

structure à cause des turbulences dans la cabine. Il va baisser la vitesse à cent dix nœuds. De ce côté-là on est à égalité.
L'assaillant refit un passage à proximité. À travers la grosse bulle vitrée panoramique, ils distinguaient un homme braquant un pistolet sur la tempe du commandant de bord, tandis qu'un autre les visait par le flanc. Sans plus de résultat.

– Ils sont victimes de l'effet Coriolis, ils ont une sensation de trajectoire courbe par perte de référence. S'il avait des balles traçantes, il se rendrait compte qu'à cause du déplacement il devrait tirer une ou deux longueurs de machine devant. Heureusement, c'est une brute, il arrose dans tous les sens. Et le pilote ne fait rien pour les aider, on se connaît.
Une nouvelle attaque eut lieu. Le chef des bandits obligeait l'appareil à se rapprocher. Il avait compris que le meilleur angle de tir était sur le côté, du dessus, pour disposer de la surface de cible maximum. Le mitrailleur ajustait son arme, visant les zones les plus sensibles, la dérive, les ailerons, la gouverne de profondeur. Les balles déchiquetèrent la toile légère, sans toutefois toucher d'organe essentiel.

– On n'aura jamais le temps de se faire accrocher par les radars de l'armée de l'air, cria Francis. On va essayer de les semer dans les gorges du Verdon.
Il réfléchissait à toute vitesse. En préparant son plan de vol le matin même, il avait jeté un œil au NOTAM[78]. Il avait relevé qu'un câble avait été momentanément dressé au-dessus du canyon pour desservir un chantier de réfection du sentier Martel. Le pilote de l'hélico avait probablement planifié sa journée pour effectuer des rotations entre les deux aéroports et le palais des Congrès de Cannes, et il n'en avait sûrement pas pris connaissance.
Leurs agresseurs se rapprochaient pour la mise à mort. Ils avaient, hélas, réalisé que les parties vitales étaient le moteur ou le pilote lui-même et ils se placèrent en conséquence.

Francis pesa sur les commandes, faisant un effort désespéré pour incliner sa machine, mais il savait que la prochaine rafale l'atteindrait. Le sifflement de la turbine de l'hélico diminua soudain et il comprit que l'autre avait volontairement décroché pour éviter le massacre. Sauvés par le gong… Il pria pour que ces salopards ne l'amochent pas trop, c'était un chic type. Il arriva au-dessus de la corniche du Point Sublime et plongea, évitant une nouvelle salve plus serrée. En bas, le sentier de randonnée déroulait son ruban pierreux. Il déplia d'une main la carte glissée dans la portière. Il était conscient qu'il jouait son va-tout. L'hélico était beaucoup plus manœuvrable que lui dans les gorges, car il pouvait accélérer et ralentir à la demande, jusqu'au vol stationnaire. Lui n'aurait pas droit à l'erreur. À 200 km/h, il ne distinguerait pas le câble métallique qui traversait le goulet et serait incapable d'apprécier la distance qui les en séparait. Il se fia à la carte pour régler son approche et, pour cela, décéléra au maximum. C'était l'instant où ils étaient le plus vulnérables. Transis, les trois passagers restaient agrippés à leurs harnais. En une seconde, l'adversaire fut sur eux, les dépassant légèrement en surplomb. Ils virent la gueule noire du canon les aligner et cracher la mort. Instinctivement, Garri se jeta sur Guadalupe et la plaqua sur le siège. Une volée de balles atteignit le moteur dans une gerbe d'étincelles, brisa le cockpit à hauteur de passager et le son des impacts se perdit dans un bruit mou sur le siège avant. Un violent courant d'air balayait la cabine et Francis dut faire appel à toute sa concentration pour maintenir sa trajectoire. Il anticipa l'arrivée des pylônes et, dès qu'il les aperçut au détour d'une paroi, il appuya de toutes ses forces sur le manche. Le Rallye piqua et passa sous le câble au ras de la dérive. Surpris, l'hélicoptère vit le danger au dernier moment et se cabra aux limites de sa portance pour ralentir. L'appareil sembla flotter en l'air, mais l'extrémité de son rotor toucha le filin d'acier et se brisa net. L'engin partit sur le flanc, tournoya un instant et se fracassa sur les rochers en contrebas, dans une boule de feu. Francis eut une pensée émue pour son collègue.

– Désolé, vieux frère...

La déflagration secoua les occupants de l'avion. Garri allait pousser un cri de victoire lorsqu'il remarqua que José était collé à son dossier, la poitrine ouverte, d'où jaillissait un vilain jus noir, les yeux déjà vitreux. La trachée à moitié entaillée, l'Oranais parvint à articuler quelques mots qui sifflèrent dans sa gorge.

– Tu vois, fils, je ne suis pas niçois par le sang reçu mais par le sang versé.

Le dernier mot s'acheva en borborygmes et son crâne retomba sur l'appuie-tête.

Un crachotement du moteur bloqua le hurlement du privé dans sa gorge. De mauvaises traînées d'huile dégoulinaient le long de la bulle du cockpit. Un vent cinglant tourbillonnait dans l'habitacle dévasté. Après une dernière série de pétarades, le bruit se tut et l'hélice s'immobilisa. Ils perdirent rapidement de l'altitude. Par réflexe, Francis régla son transpondeur sur le code 7700, « atterrissage forcé ».

– On va se crasher, harnachez-vous le plus serré possible.

Lorsqu'ils franchirent la dernière gorge, le lac de Sainte-Croix apparut comme par miracle. Le pilote réduisit la manette des gaz et ouvrit les volets.

– Dès qu'on aura amerri, tirez-vous en vitesse, on a une minute au plus avant que le zinc ne coule !

Il mit un soin infini à faire un toucher de précaution, contrariant le réflexe du cabrage qui aurait entraîné un cheval de bois mortel. L'avion frappa la surface en plein milieu du lac, rebondit et fut brutalement freiné par la masse liquide. À moitié sonnés, les deux hommes détachèrent leurs ceintures et s'extirpèrent de l'engin. Guadalupe, tétanisée par le froid et la peur, ne bougeait pas. Garri lui envoya une paire de gifles qui la réveilla, défit sa ceinture et, la tirant avec lui, plongea, tandis que l'avion était déjà à moitié immergé. La morsure de l'eau glacée lui coupa le souffle. Il sentit des millions d'aiguilles piquer son corps et un voile s'abattit sur ses yeux, alors qu'il sombrait dans le néant.

Château de la Chèvre d'or, Èze village
12 février, 17 h 08

Le doux clapotis des cascades et des fontaines moussues rythmait sa marche. Garri venait de confier son véhicule martyrisé au voiturier du petit parking et cheminait comme un zombie sur le sentier dallé qui serpentait à flanc de colline.
Il devait son maintien dans le monde des vivants à un véritable miracle. Condamné au silence radio, le pilote d'Héli Air Monaco avait réglé son transpondeur, à l'insu de ses ravisseurs, sur la fréquence « détournement ». Le contrôle aérien en avait averti la sécurité civile sur son canal réservé. Or, un bombardier d'eau était précisément à l'entraînement d'écopage sur le lac de Sainte-Croix et le signal d'atterrissage de détresse de Francis les avait guidés. Le Canadair avait pu amerrir à proximité et récupérer in extremis les trois survivants, avant qu'ils ne coulent. Seul José reposait par le fond, dans la carcasse disloquée du vaillant petit appareil… Blessé d'une balle dans la cuisse, Sissou avait été transféré d'urgence à l'hôpital militaire Sainte-Anne de Toulon et se remettait lentement de l'opération. Pour sa part, frappé d'hypothermie car il avait été le dernier à être hissé à bord de l'hydravion, le détective avait passé quarante-huit heures en observation à l'hôpital Saint-Roch et venait d'en être libéré.
La trahison dont ils avaient été victimes l'avait profondément affecté et il s'en était ouvert à Van Campenhout, le seul être en qui il ait une confiance absolue.

Puis, pour se persuader qu'il était bien en vie, il avait décidé de casser sa tirelire afin de s'offrir une parenthèse d'exception avec la métisse. Le palace de ses rêves venait de rouvrir ses portes, pour la première fois si tôt dans la saison. Moins traumatisée que lui, Guadalupe avait quitté les urgences assez rapidement et devait déjà se faire dorloter, selon ses recommandations, depuis le début de l'après-midi. Il pénétra dans le hall de réception, dont le lustre de cristal faisait chatoyer les murs de pierre de taille. La jeune directrice était une connaissance, rencontrée un soir chez des amis communs. Toujours disponible, elle arriva en personne et distribua des instructions précises au personnel stylé qui officiait derrière le comptoir.

– Nous sommes heureux que vous soyez toujours des nôtres, mon cher Garri. J'ai pris la liberté de vous surclasser dans notre meilleure suite, la présidentielle.

– Merci, Thérèse, c'est trop gentil.

Une profonde lassitude s'empara de lui. Il suivit comme dans un rêve le majordome au long d'un dédale de venelles pavées, de poternes voûtées et de courts escaliers de pierre. L'hôtel avait acquis au cours des années des petits appartements disséminés dans le village médiéval, transformés en chambres confortables, ce qui donnait à ce Relais & Châteaux un inimitable cachet romantique.

Introduit dans la suite, Garri fut estomaqué. Le plus haut village d'Europe en bord de mer faisait décidément dans le sublime. La lumière dorée des ultimes feux du jour pleuvait à travers les baies vitrées, inondant la pièce d'une incandescence safranée. Une vue féerique s'offrait au regard, plongeant sur la presqu'île de Saint-Jean-Cap-Ferrat, le collier de perles de la baie des anges, et, au-delà, vers l'index de verdure du cap d'Antibes, pointé dans la Méditerranée, jusqu'à la silhouette trapue du massif des Maures, dominant le golfe de Saint-Tropez qui se laissait deviner au loin.

Un parfum d'huile de sésame flottait dans la grande salle de bains au sol de marbre, témoin éphémère du massage ayurvédique dont Guadalupe venait de profiter. Après ce qu'ils avaient vécu, il avait décidé que rien n'était trop bon pour elle. Sa vie était en danger, elle avait probablement déjà un contrat sur la tête. Or, en guise de protection de témoin, les tarifs de la Chancellerie permettaient au mieux de la loger dans un Ibis... Garri n'avait hésité qu'un quart de seconde. La porte d'un hammam creusé dans le roc s'ouvrit sur l'oiseau des îles, dans un grand souffle d'eucalyptus. Emmaillotée d'un peignoir de coton blanc, une serviette sur les cheveux, elle vit Garri et se précipita dans ses bras, le couvrant de baisers, dardant en lui une langue qui le fouilla longuement, comme pour explorer son être jusqu'aux tréfonds. Incapable du moindre geste, il goûtait passivement le suc de ses lèvres. Elle prit conscience de son état d'épuisement et entreprit de le déshabiller, puis l'attira avec douceur sur la terrasse suspendue entre ciel et mer. La journée avait été étonnamment ensoleillée pour la saison. Il goûta sous ses pieds la chaleur résiduelle des dalles, qui distillaient des indolences de salamandre. Les parfums poivrés du maquis alangui et un souffle de résine fondue demeuraient dans l'air, comme une trêve paisible entre chien et loup. Elle l'installa dans le jacuzzi, qui bouillonnait au ras du sol, et apporta un seau d'argent où reposait un Dom Pérignon Blanc 1998, dont elle emplit deux flûtes de cristal. Face à eux, le crépuscule irisait l'horizon d'une palette de teintes chaudes. Les lumières de la Côte s'allumaient l'une après l'autre, poinçonnant le décor bleuté d'autant de joyaux. Une mouette jouait au-dessus d'eux, glissant au ras des toits de tuile. La tiédeur de l'eau de soie qui l'enveloppait, l'ivresse du nectar qu'il avait porté à ses lèvres et la splendeur du couchant le firent bientôt sombrer dans un sommeil réparateur.

Un rêve d'un érotisme torride vint bientôt le bercer. Des mains expertes caressaient son corps, rendant vie à une libido largement éprouvée ces derniers jours, tandis que des formes pleines se pressaient contre lui. Il se sentait, avec une lucidité surprenante, parcourir de ses doigts une chute de reins affolante, qui ondulait sur son bassin. Il reprit soudain conscience, toujours allongé sur le dos dans le jacuzzi fumant, passant sans transition du songe à une réalité qui le prolongeait. Enfoncé jusqu'à la garde en Guadalupe, qui le chevauchait avec fougue, il plaquait son pubis contre un ventre de satin. Heureuse de l'effet qu'elle avait provoqué en lui à son insu, elle mit un doigt en travers de ses lèvres.

– Chuuuut, ne dis rien, laisse-toi faire.

Il ne se fit pas prier, palpant sous l'eau ses courbes idéales, tandis qu'elle se livrait avec une science experte à un massage interne de sa virilité en fusion.

À l'ouest, un soleil rouge sang se retirait sur la pointe des rayons derrière les crêtes enflammées et un croissant de lune primesautière se dessinait déjà, au-dessus. En osmose parfaite avec les éléments de cette soirée d'une douceur inhabituelle, il se plongea dans la volupté de ce profond va-et-vient. L'extrémité de la langue de la jeune femme émergeait de ses lèvres charnues, qui laissaient apparaître deux quenottes d'une blancheur immaculée. Ses paupières baissées, ourlées de longs cils, exprimaient toute l'attention qu'elle portait à le satisfaire tout en allant chercher son propre plaisir. Il était au bord de l'explosion, cherchant à retenir la magie de cet instant, mais l'émotion accumulée lui fit battre les tempes. En courtisane avertie, elle sut interpréter les pulsations croissantes de sa proie. Le moment était venu de libérer la tornade qu'elle maintenait en ses propres flancs. Un long frisson les fit bientôt vibrer. Venu du fond des reins, le spasme violent les emporta, unis dans un déferlement de râles, prolongeant longtemps leurs convulsions de jouissance. Le cœur palpitant, paralysés par ce tsunami des sens, ils restèrent un moment encastrés, goûtant cette revanche de la vie sur l'adversité.

Plus tard dans la soirée, affamés, ils gagnèrent le restaurant gastronomique de l'hôtel, dont les murs en merisier, caressés par la flamme des chandeliers, projetaient des éclats de miel. Le directeur les accompagna vers la table d'angle qui leur avait été réservée. Un spectacle enchanté s'offrait à leurs regards, des milliers de guirlandes dessinant les contours de la Côte qui se déroulait à leurs pieds. La carte les plongea dans l'univers poétique du chef Philippe Labbé, qui puisait dans les quatre saisons une symphonie de saveurs : « L'hiver. Avec l'odeur des agrumes qui inonde les vergers mentonnais, l'esprit sonde dans les parfums qui ruissellent. » Ils optèrent pour les coquillages et crustacés et se régalèrent bientôt d'un immense plateau de homard bleu, gamberoni, langoustine royale, noix de Saint-Jacques, pistes, ormeaux et huîtres spéciales n° 2. L'artiste durablement installé au firmament des cuisiniers vint lui-même le leur commenter.

– Je les travaille en écume marinière à l'amande et au fumet coraillé, sur un lit de tagliolini citronnés.

Ils le félicitèrent chaleureusement et, rassasiés, suivirent son conseil de partager une poire williams farcie au chocolat praliné, doucement rôtie au caramel de cacao. Par jeu, ils goûtèrent sur leurs lèvres respectives la crème glacée au gingembre et confiture de lait et sa mousse tiède au granité.

Guadalupe avait opté ce soir-là pour un tailleur sage, très élégant, en phase avec le décor. Seule l'échancrure de son corsage, un peu trop accusée, à dessein, ombrait la naissance de ses seins invitant à en découvrir davantage. Elle croisa négligemment les jambes, faisant crisser ses bas à fine couture avec un bruissement qui agaça les sens du Niçois. Il risqua un coup d'œil à la dérobée et aperçut une jarretière de fine dentelle rouge, révélant un petit carré de chair caramel. Une décharge d'adrénaline balança un flot de lave dans ses artères. Consciente du volcan qu'elle avait allumé, la jeune mannequin ne se fit pas prier pour redescendre vers leurs appartements.

La gouvernante avait bien fait les choses. Une bonne flambée crépitait dans la cheminée du salon, ponctuée en contrepoint de grosses bougies marocaines dont les flammes chaudes dansaient autour de la pièce. Guadalupe éteignit la lumière et effleura la touche d'une chaîne hi-fi, qui distilla bientôt une musique lounge au rythme apprivoisé. Puis, elle poussa doucement Garri sur le canapé et se campa face à lui, d'un air coquin. Elle défit les boutons de sa veste et l'ôta avec une lenteur exaspérante. Une épaule brune apparut, puis elle dévoila un bras avec un art consommé de la provocation. Enfin, son buste jaillit, caparaçonné d'une guêpière noire et rouge qui épousait sa taille fine et rehaussait davantage son décolleté. Le soutien-gorge à balconnet offrait deux globes charnus, dont les pointes brunes tendaient le tissu, comme pour inciter à la succion. Les reflets mouvants des petits brasiers esquissaient sur sa peau cuivrée des caresses d'or, forçant le trait d'une courbe, accentuant un creux, magnifiant ce corps incomparable, comme sous le pinceau d'un peintre de lumière. La veste chuta enfin, révélant un plastron brodé et le laçage savant de rubans de satin quadrillant le ventre. La métisse tirait maintenant par saccades le long de sa jupe qui semblait collée à ses hanches. Garri se retenait de bondir sur elle, mais elle l'en empêchait du regard, lui intimant en silence l'ordre de laisser se prolonger l'effeuillage et croître le désir. Dans la pénombre, ses yeux verts vrillés dans les siens se rétrécissaient en amandes bridées, fusion sensuelle de ses origines indienne et chinoise. Un rectangle de peau nue palpitait jusqu'au pubis délicatement épilé, qui surplombait un mini-string rouge et noir. La jupe descendait toujours sur ses cuisses avec une agaçante lenteur, exhibant des galons en forme de petites roses rouges. Finalement, les jarretières apparurent, annonçant les bas qui sculptaient ses jambes interminables. Son dernier vêtement se retrouva enfin à terre.

Elle tournait lentement sur elle-même au rythme d'une musique grave et chaloupée, ondulant comme une invite. Son côté pile trahissait son sang noir, la somptueuse chute de reins soulignant une croupe bombée, que rehaussaient encore les hauts escarpins rouges. Lorsqu'elle commença à mimer son coït virtuel avec la barre de pole dance qui avait mis en émoi une armée de clubbers, Garri sentit ses capacités de résistance épuisées. Il bondit sur elle et l'embrassa goulûment, tout en la débarrassant prestement de son affriolante lingerie, laissant sa bouche avide courir sur son corps, dont il n'épargna pas une miette. Il la coucha sur l'épaisse fourrure étalée devant la cheminée et entreprit de donner libre cours à toute l'imagination débridée qu'elle avait su solliciter en lui, depuis le salon de mannequins jusqu'au night-club, en passant par la banquette de l'avion. Heureuse de pouvoir lui manifester sa reconnaissance pour l'avoir tirée des griffes de ses tortionnaires, libérée des blocages auxquels ses amours tarifées l'avaient contrainte jusqu'alors, elle se prêta volontiers à tous ses caprices, allant jusqu'à prendre de nombreuses initiatives pour lui prodiguer le meilleur de son savoir-faire. Pour la première fois entre les bras d'une professionnelle consentante, le détective en profita pour satisfaire un certain nombre de fantasmes contenus. Tous deux mettaient à l'ouvrage une sorte de revanche sur le destin qui avait failli contrarier leurs existences. Sans se concerter, ils s'attachaient tous deux à faire durer le plaisir à l'infini. Cet hymne à la vie explosa enfin tard dans la nuit, dans un concert de cris qui dut réveiller tout le village. Ils s'assoupirent aussitôt, épuisés et apaisés, leurs corps éclairés des dernières braises crépitant dans le foyer.

Le détective fut interrompu dans son premier sommeil par le son caractéristique d'un SMS professionnel qui agitait son portable. À cette heure, ce devait être urgent. Il porta Guadalupe jusqu'au lit king size, la borda, revint consulter son écran et le regretta aussitôt.

« Convocation. Réunion extraordinaire demain dix heures caserne Auvare, bâtiment B6. Présence indispensable. Commissaire divisionnaire Van Campenhout. »

Il imagina les cakes au goût de plâtre du distributeur automatique des locaux de la PJ et appela la réception pour se faire livrer un petit déjeuner à sept heures le lendemain. Il apercevait à l'extérieur, sous la voûte étoilée, la piscine privée à débordement de leur suite, dont le bleu lagon illuminé tranchait sur l'obscurité du précipice. Contemplés de ce palais de verre en suspension, les levers de soleil devaient être une merveille absolue.

Il en profiterait pour prendre un peu d'avance sur l'existence dans les bras parfumés de son amazone…

Antenne de la police judiciaire, caserne Auvare,
rue de Roquebillière, Nice
13 février, 10 h 12

Les néons qui glaçaient la pièce en accentuaient l'ambiance électrique. La réunion de crise que Garri rejoignait en retard se promettait de faire le point de l'enquête entre tous les acteurs de terrain impliqués dans l'affaire des Frères de la Côte. Afin d'éviter la concurrence entre les différents services de l'État affectés à la sécurité, les enquêtes qui doublonnaient et les gaspillages qui en découlaient, l'époque était à la volonté affichée de réorganiser, rationaliser, mutualiser les moyens, bref, de fusionner ce qui pouvait l'être. Mais les réflexes de corps jouaient encore et les intéressés traînaient les pieds, face aux avalanches de circulaires ministérielles qui les incitaient à collaborer plus étroitement. L'exposé du commissaire de la brigade financière s'achevait.

– La valse des palaces et des casinos qui changent de mains se poursuit. Les entreprises industrielles les plus rentables ont déjà été rachetées cash. Les transactions immobilières sur le marché du luxe s'envolent, mais, curieusement, le prix des villas n'augmente pas, comme si les vendeurs étaient l'objet de menaces. On rapporte des transferts considérables entre les sociétés offshore du Liechtenstein, des prête-noms luxembourgeois et les paradis fiscaux des Caraïbes. L'Office central de répression contre la grande délinquance financière y voit la main du crime organisé, mais nous sommes malheureusement trop peu nombreux pour remonter à la source de ces échanges et en apporter la preuve rapidement.

Le capitaine des stup' lui emboîta le pas.

– Nous venons de démanteler un important circuit de distribution de cocaïne, en provenance de Colombie, qui transite par Rotterdam. Il semble que quelqu'un ait réveillé la bonne vieille « French Connection ». Les interpellations se succèdent, mais les filières d'Europe du Nord tournent à plein régime pour approvisionner le Sud. Le « Chimiste », le meilleur raffineur du marché, aurait rouvert près de Marseille un labo de transformation de la morphine-base en héroïne, pure à 90 %. Tout cela sent la création de stocks, en prévision d'une explosion de la consommation sur nos rivages. Et ce sont les Calabrais qui représentent dorénavant le cartel de Cali pour écouler leur saloperie.

Le correspondant local des courses et des jeux embraya.

– Grâce à un *pentito*[79], qui a rompu l'*omertà*, la loi du silence, nous avons appris que la branche des Banquiers romains, qui avait déjà été impliquée dans l'affaire du casino Ruhl au début des années quatre-vingt, reprend du service. Ce sont les rois du blanchiment, ils rachètent cliniques, sociétés de navigation, marchands d'antiquités, bureaux de change, boîtes de BTP, bars. Aujourd'hui, ce qu'ils appellent pudiquement « les démarches de sensibilisation » s'intensifient, de Nice à Menton. Les « facilitateurs », traduisez corrupteurs, refont surface dans tous les secteurs d'activité rentables, pour prendre le contrôle du maximum d'entreprises. Intimidation, extorsion de fonds, et j'en passe. Les plaintes ont explosé, puis ont curieusement été retirées au fur et à mesure qu'on a entendu parler de l'intervention de bandes d'Albanais. On nous signale maintenant l'arrivée de triades chinoises à leurs côtés. Leur spécialité, c'est

la prise de possession de cercles de jeux par le biais d'agents prêteurs. Ceux-ci assument le risque des avances octroyées par les casinos à de gros joueurs, moyennant une commission de 10 %, et se font forts de récupérer le montant des dettes. Je ne vous fais pas un dessin sur les méthodes plutôt musclées qu'ils emploient pour se faire rembourser, de préférence sur des comptes numérotés de banques suisses. La blanchisseuse tourne ainsi à plein régime. La moitié des recettes des casinos provient déjà de ces intermédiaires, qui pourront facilement les contrôler, le moment venu.
Cependant, il y a plus grave : vous savez que quand deux organisations de crime organisé quittent leur secteur et s'implantent en zone neutre, elles observent généralement un pacte de non-agression, surveillé par un « juge de paix », autorité morale supérieure qui règle les conflits éventuels. Mais notre coopération avec la DIA[80] italienne nous a permis de mettre à jour la création d'une « chambre des contrôles » sur la Côte. Une sorte de super-conseil, réunissant plusieurs clans qui se répartissent ouvertement les secteurs d'activité. Les fameux Frères de la Côte. Et là, il nous devient impossible de diviser pour régner, nous sommes condamnés au choc frontal. De plus, ils ont trouvé un relais tout dévoué dans le milieu niçois et la pègre marseillaise.

Le directeur départemental des renseignements généraux intervint à son tour. Quand Marc Malaüs prenait la parole, un ange passait. Certes, la beauté n'est qu'une question d'arithmétique dans les proportions, mais on ne pouvait s'empêcher d'admirer la régularité de ses traits, fruit d'un créateur inspiré.

– Les cités sont prêtes à exploser. Des « grands frères » venus de l'étranger manipulent et instrumentalisent à leur profit les luttes de territoires des gangs communautaires. Ils répartissent les quartiers selon des « bandes ethniques », leur dispensent une formation quasi militaire et les encadrent. Les algarades entre petits voyous de quartier se sont transformées en batailles rangées à coup de 7,65 mm. Pour nous, cela ressemble au prélude de la constitution de milices aux ordres.

Le divisionnaire de la direction départementale de la sûreté urbaine demanda que l'on éteigne la lumière et projeta une série de plans fixes, issus d'enregistrements de caméras installées dans les lieux publics. On y voyait des personnes prises à partie, insultées, voire frappées.

– Les fonctionnaires des services de l'État sont de plus en plus agressés physiquement dans l'exercice de leurs fonctions, devant une assistance au mieux silencieuse, au pire qui applaudit, voire qui vient prêter main-forte. Même les agents en tenue de la police nationale en sont victimes. Mes hommes sont à cran et une bavure n'est plus à exclure, ce qui serait le pire scénario. Fournir un martyr à une foule, ça transforme une révolte en révolution !

Il continua sa projection, on y voyait les pages d'accueil de blogs rageurs contre l'État. « Plantez des fonctionnaires, il poussera des impôts, signé Clemenceau », « Pourquoi les effectifs du ministère de l'Agriculture ont-ils quadruplé en cinquante ans, alors que le nombre d'agriculteurs a été divisé par six ? », « Sénateurs = parasites ! ». Il précisa :

– Le ton de ces blogs, tout juste transgressif il y a une quinzaine de jours, est carrément devenu incitateur à la haine.

Le représentant de la DST lui succéda.

– En partenariat avec le SISDE, les services secrets italiens, nous avons infiltré de nombreuses filières et constatons sur le terrain qu'un accord de collaboration a été passé entre la mafia albanaise et les grandes familles de Cosa Nostra.

Son voisin, un officier de la police de l'air et des frontières prit la parole, commentant une succession d'instantanés.

– L'aéroport de Nice teste de nouvelles technologies top secret, le must en matière de biométrie du visage, un scan facial qui permet d'identifier un individu d'après les caractères invariables qui lui sont propres. Le chef du bureau des procureurs anti-mafia italiens nous a fait remettre les photos des malfaiteurs recherchés les plus dangereux. La plupart d'entre eux sont arrivés sur la Côte dans les semaines précédentes.
S'ensuivit à l'écran une série de personnages patibulaires, qui ne s'étaient visiblement pas déplacés pour assister aux batailles de fleurs des corsos niçois ou pour admirer les chars de la fête du citron à Menton…

Il passa le micro au commandant de la brigade de répression du banditisme.

– Nous avons vu ressurgir depuis le début de l'année beaucoup d'anciens de l'UÇK, des terroristes ayant combattu les milices paramilitaires serbes. L'indépendance de leur pays les a mis au chômage et les poursuites à leur encontre pour crimes de guerre les ont rendus apatrides. Des gars hyper-dangereux, surentraînés, équipés d'armes de guerre et qui n'ont plus rien à perdre.
Il projeta une diapo : un nain aux cheveux blancs qui semblait sortir d'un casting d'Emir Kusturica.

– Leur chef, Çiltërim Preljocaj, est en passe d'être condamné à la détention à perpétuité pour crimes de guerre. Devenu à moitié fou pour avoir vu sa famille massacrée sous ses yeux, il souffre de troubles bipolaires : il oscille perpétuellement entre dépression profonde et phases d'hyper-excitation durant lesquelles il perd tout contrôle. On le surnomme l'Extrême-Onction, car la majeure partie des prisonniers passés entre ses mains n'y ont pas survécu. Il est soupçonné de procéder à des autopsies sur des SDF encore vivants… C'est le bon psychopathe, qui trouve son plaisir sexuel dans la torture.

Il lança une autre diapo. Un Rom aux traits durs, le visage ravagé par une blessure de guerre.

– Virgil, dit le Gitan, son lieutenant. Il ne vaut pas mieux. Lui, il travaille au couteau navaja, une lame espagnole effilée comme un rasoir. Vicieux, retors et cruel. Mais en plus, accro au PCP, la « poudre d'ange », le plus dangereux des hallucinogènes. Il décuple les forces, développe l'agressivité, engendre des visions terrifiantes et conduit à la schizophrénie. Individuellement, ils ne sont déjà pas tristes. Mais dans leur numéro de frères siamois, ils sont totalement incontrôlables, leurs tares s'additionnent et se renforcent. Alors, un conseil, si vous croisez leur chemin, tirez sans les trois sommations réglementaires, on fermera les yeux. Les soldats perdus albanais sont comme les tiques. On peut en détruire le corps, il repoussera toujours. Il faut brûler la tête.

Pascal, le commandant de la crim', projeta une nouvelle image, celle d'un homme affalé sur le volant de sa grosse berline, baignant dans une mare de sang.

– Le propriétaire d'un palace de la région, exécuté par deux tueurs à moto casqués : trois balles de 11,43 dans la tête, plus le coup de grâce dans la nuque pour faire bonne mesure et bien signer le contrat.

Un mort en costume, recroquevillé sur un canapé, invita à un nouveau commentaire.

– Un inspecteur des impôts, retrouvé étouffé chez lui, un plein paquet de farine dans la bouche. Le symbole du blanchiment, soit un avertissement en bonne et due forme. Cette photo circule déjà sur le Net, avec cette mention : « *One shot, who's next ?*[81] », comme pour susciter des vocations… À ce stade, on a franchi un degré dans l'escalade de la guerre totale. Ces deux assassinats sont clairement revendiqués par leur mode opératoire. Les mafieux sont sûrs de leur impunité. De

plus, ils essaient d'orienter les élections municipales pour installer des politiques à leur solde, comme chez eux. On voit ainsi réapparaître la bande de la Brise de mer, originaire de la Haute-Corse. C'est elle qui fournit les agents électoraux collecteurs de votes par procuration, les campagnes d'affichage sauvage, les fauteurs de troubles des meetings politiques et les nervis des services d'ordre.
En clair, la DIA, le service centralisé italien des enquêtes antimafia, a des soupçons qu'une *mega truffa* se prépare ici.

Le patron de la brigade mondaine lui succéda pour rappeler que l'Office central de répression du trafic des êtres humains signalait une explosion inopinée de réseaux de call-girls sur la région. Quant au commandant du groupement de gendarmerie des Alpes-Maritimes, il confirma, preuves à l'appui, que le phénomène s'était étendu à tout l'ancien comté.
Le tour était venu pour Garri de s'exprimer.

– À plusieurs reprises au cours de mon enquête, il a été question de l'implication d'une mystérieuse confrérie de pénitents pourpres. Pourquoi ne l'a-t-on pas évoquée ?
Marc Malaüs, le beau gosse, reprit la parole.

– Les RG ont investigué il y a longtemps sur cet ordre mystérieux, affublé d'un pouvoir occulte. Nous sommes catégoriques. Il ne recouvre aucune réalité, il fait partie du folklore local. C'est malheureusement une fausse piste, du genre de l'éternel trésor des templiers, assaisonné à la sauce pizzaïolo.
La boutade détendit l'atmosphère. Le détective fut déçu. Encore une hypothèse qui s'écroulait...

L'orateur suivant se présenta : un colonel de la DGSE[82]. Il projeta l'écran d'accueil d'un site web américain : « *Tax is a disease, meet the cure* », bilingue espagnol. Suivait un appel à rallier les rangs des contre-révolutionnaires. Cet outil a été le fer de lance d'une opération de déstabilisation menée par la CIA au Nicaragua, en promettant aux paysans d'affranchir d'impôts ceux qui rejoindraient les *contras*[83].

Il présenta un site français, copie conforme du précédent, « L'impôt est un poison, voici l'antidote », qui présentait les Frères de la Côte comme les sauveurs des citoyens.

– Une barbouze américaine a, semble-t-il, repris du service. Il s'agit d'un homme devenu *spin doctor*, conseiller en marketing politique, spécialisé dans la manipulation d'opinion publique et faiseur de présidents. Un ancien assistant de Karl Rove, la sulfureuse éminence grise de George W. Bush, qui avait vendu la guerre en Irak au peuple américain. Un professionnel du discrédit de concurrents, de la désinformation, des coups médiatiques tordus, en rupture de ban depuis le départ annoncé de son président de la Maison-Blanche. Garri, je vous repasse la parole.

Le Niçois se leva et se dirigea vers la porte.

– Pour bien vous faire comprendre les méthodes qui nous sont opposées, j'ai suggéré à M. le divisionnaire de faire intervenir mon webmaster. C'est le correspondant local du Chaos Computer Club, l'association-légende des hackers, ces pirates informatiques militants qui agissent pour qu'Internet demeure un espace de liberté d'expression. Viens, Renaud.

Un très jeune homme, à peine sorti de l'adolescence, entra. Les cheveux coiffés avec un pétard, flottant dans un baggy taille ultra-basse, des vieilles Reebok aux pieds, il était revêtu d'une veste treillis à capuche. Sa tenue fit sensation dans la salle, les policiers étaient plutôt habitués à voir ce type de personnage traverser leurs couloirs avec une paire de menottes aux poignets… Mais, dès qu'il ouvrit la bouche, les sourires sarcastiques se figèrent.

– Un milliard d'utilisateurs d'Internet, ça crée des appétits et ça brouille les pistes. Aujourd'hui, une nouvelle armée des

ombres virtuelle opère, forte de trente millions de « zombies », des ordinateurs infectés à l'insu de leurs propriétaires. Soit pour s'être connectés à un blog pourri, bien que régulièrement référencé sur les moteurs de recherche, soit pour avoir été piratés par des crackers, des casseurs de sécurité de logiciels. Ils s'introduisent sur votre bécane par des virus, des attaques ou des portes dérobées, et en prennent le contrôle grâce à un logiciel espion. Ils disposent ainsi d'un réseau de machines à leur service, telles des taupes silencieuses, qui peuvent déclencher soudain la consultation d'un site-cible. Ces outils sont ensuite vendus très cher à des acheteurs souvent liés au crime organisé, donc peu traçables. Ces derniers expédient dans le monde des centaines de millions de spam, ou pourriels, ces courriers électroniques qui empoisonnent nos boîtes aux lettres : chantage à la solidarité pour un faux orphelin sibérien, offre de Viagra, saturation du serveur d'un concurrent...
Vos ennemis ont recruté des transfuges de l'Institut de cryptographie du FSB[84], qui forme les meilleurs spécialistes pour bloquer les serveurs de l'opposition russe. Débauchés par une société de Dubaï, ils ont lancé une cyber-attaque en direction de la Côte d'Azur, sous le feu permanent de cent vingt mille ordinateurs répartis sur la planète. Aucun internaute de la région ne peut plus ignorer leur discours.

– Comment opèrent-ils ? demanda Van Campenhout.

– Ils ont concilié deux techniques : les *botnets* et le *spammdexing*. Ils leurrent les robots d'indexation des moteurs de recherche et modifient les pages de requête, en rajoutant un bout de code. Toute personne intéressée par un sujet quelconque est redirigée à son insu vers un site incitant à la désobéissance fiscale sur le territoire du comté de Nice et vantant les mérites de la prochaine exemption d'impôts.

– On peut supprimer ces sites ?

– Non, ce sont des sites miroirs hébergés dans le monde

entier et ils se multiplient. En revanche, ce qu'on peut faire, c'est utiliser les mêmes armes. Mes copains et moi, nous militons pour l'*open source*, nous sommes partisans des logiciels libres, nous ne supportons pas que les gouvernements ou le privé verrouillent la recherche d'information sur le Net. Mais eux, ce sont des *black hats*, des crackers qui attaquent à des fins personnelles ou pour s'enrichir. Ils font du tort à notre image. Alors, si vous le voulez, notre communauté de hackers peut les contrer sur leur propre terrain. Le jeu nous excite.

Garri le remercia, le reconduisit à la porte et reprit la parole :

– Je ressens dans ma chair la manipulation de mes concitoyens et je vous conseille vivement d'accéder à l'offre de cette communauté de jeunes. Et, en parallèle, de consulter une agence de conseil en communication, bien implantée dans notre région, pour lancer une contre-campagne d'information destinée à expliquer l'intérêt de maintenir le statu quo. Pour l'instant, l'opinion publique est agitée de forces centrifuges, car elle n'entend qu'un son de cloche. Ce ne sont pas les discours usés de nos élus qui leur apporteront les éléments de réflexion nécessaires. Faites appel à des professionnels.

L'officier de la DGSE s'interposa :

– Des publicitaires pour nous appuyer ? Ces verbeux cocaïnomanes en costumes Armani, qui prétendent créer nos désirs et régenter le monde parce qu'ils font de la réclame pour couches à incontinents ?

– Ne mésestimez pas leur influence, colonel, reprit le détective. Il faut combattre l'ennemi avec ses armes. En France, peut-être plus qu'ailleurs, les mots font mal. La plume est parfois plus acérée qu'un poignard. Et n'oubliez pas que les médias sont avides de sensations et lassés des discours convenus de la classe politique traditionnelle. Durant cette campagne municipale, leur audience apprécie les discours atypiques des indépendantistes, qui donnent de la couleur aux argumentaires et du tonus aux échanges. Aussi leur tendent-ils complaisamment micros et caméras.

Van Campenhout se leva, solennel, pour conclure la séance.

– Je suis d'accord avec M. Gasiglia. Nous assistons à un mauvais remake du pacte d'union à l'étranger que les organisations mafieuses avaient déjà passé sur la Côte en 1981. Mais aujourd'hui, il agit avec des moyens et une force de frappe sans commune mesure, appuyé d'une vraie guerre psychologique. La Place Beauvau nous demande des résultats parce que Matignon la tanne. L'échéance de l'ultimatum des Frères de la Côte se rapproche. Et le lien est rompu, car notre seul interlocuteur, leur avocat, est parti en voyage d'affaires pour une durée indéterminée et il demeure injoignable. Je compte sur vous pour accélérer l'enquête, calmer l'opinion et retrouver ce fichu parchemin !

Il prit son temps, observant la salle d'un regard circulaire.

– Mais il y a plus grave. Il y a un Judas parmi nous.

Un murmure de stupéfaction parcourut l'assemblée.

– Seules quinze personnes étaient au courant de notre tentative d'infiltration. Or, nos deux aviseurs étaient attendus. L'un d'eux, José Ortega, a payé de sa vie cette trahison. Il est peu probable que la fuite vienne des hauts fonctionnaires de l'administration départementale, en poste depuis trop peu de temps. Les soupçons se portent davantage sur ceux d'entre nous qui sont depuis longtemps à Nice. J'ai naturellement prévenu l'IGPN[85], ils vous attendent à la sortie pour entendre chacun d'entre vous. Je suis désolé de ce procédé, mais je compte sur votre compréhension. La séance est levée.

– Un instant, commissaire ! l'apostropha Garri. On ne va tout de même pas passer le meurtre d'Ortega en pertes et profits, sans fleurs ni couronnes.

– C'est la règle pour les hommes de l'ombre. Que voulez-vous que nous fassions ?

– Au moins, un geste. Je pense qu'il aurait été sensible à une décoration. La Légion d'honneur à titre posthume me semble un minimum pour son sacrifice !

– Vous plaisantez ? Et puis quoi encore ? Pourquoi pas l'enterrer au Panthéon, tant que vous y êtes ? C'était un activiste de l'OAS, il a le sang de policiers français sur les mains !

– Commissaire, vous savez très bien que les gardes mobiles et les barbouzes en Algérie étaient souvent des repris de justice qui avaient tué des civils. Ils ont été une tache indélébile sur notre drapeau. De toute façon, il a racheté sa dette, non ? Quand on nous a demandé d'aller au charbon, je n'ai pas vu parmi les participants beaucoup de volontaires lever la main.

Un silence gêné accueillit ses propos. Il continua, glacial. Il avait fait sienne la fable de La Fontaine, préférant être un loup efflanqué, mais libre, qu'un chien gras, mais en laisse.

– Cette Légion d'honneur, on la donne bien à des brochettes d'actrices sans talent, de courtisans falots et de notables corrompus, trahissant l'esprit dans lequel Napoléon l'avait créée, la bravoure au combat. Ortega la mérite cent fois plus que tous ces récipiendaires au petit pied.

Un murmure d'approbation parcourut l'assemblée. Le divisionnaire le contra.

– Vous êtes soumis au devoir de réserve, Gasiglia !

– Ah oui, et depuis quand ? Vous avez un contrat à m'opposer ? Vous ne pouvez pas gagner sur les deux tableaux, il fallait choisir : un fusible ou un commutateur. Moi, mon seul luxe, c'est ma liberté, alors je ne fermerai pas ma gueule. J'ai quelques amis journalistes qui seraient assez intéressés de révéler l'ingratitude de Marianne envers ses alliés…

– Je vais voir ce que je peux faire, marmonna Van Campenhout, qui n'avait jamais vu Garri dans cet état.

Laissant les bœufs carottes[86] commencer leurs interrogatoires, le Niçois quitta la caserne. Il alluma la radio pour se changer les idées. Un tube qui balançait pas mal se déversa dans ses oreilles. Il l'avait entendu à plusieurs reprises sans y prêter attention, mais les paroles l'interpellèrent. Le genre à faire basculer une opinion, peut-être l'hymne qui manquait à cette révolution.

« Impôts, c'est trop/c'est vraiment trop/qu'est-ce qu'ils ont fait à mon comté/ils n'ont cessé de le saigner/un pétard, des pétasses/une rade, des radasses/un impôt, des impasses/un préfet, des préfaces/oh, Nissart, tu craches ou je te fume ? »

La chanson s'acheva. L'animateur n'annonça pas ses interprètes et enchaîna sur un de ces sirops affligeants, dont les pseudo-fabriques de stars du micro étaient prodigues. Le privé envoya un SMS à Magali, la fille de Mme Squarciafichi. L'existence de l'adolescente était la preuve du bien-fondé de la théorie de la réincarnation. Elle avait dû être loukoum dans une vie antérieure, car elle passait ses journées affalée sur son lit, à tchater sur le Net en écoutant de l'acid-music. Mais elle était fascinée par le métier de détective et rêvait de devenir son assistante. Et, du fait de son âge, elle était souvent une source d'information efficace sur des milieux qu'il connaissait mal.

« Magali, sais-tu qui interprète "Impôts, c'est trop" ? »

Quelques secondes plus tard, son portable couina et l'écran s'éclaira d'une réponse sibylline.

« PK tan 2 N 1 grp nissoi tro mortL. »

Il grimaça. Encore une candidate au Goncourt…, puis il décoda : « Pourquoi tant de N ? Un groupe niçois trop mortel ! »

Cette petite avait décidément des visions prémonitoires…

Agence de conseil en communication Pole Company, rue Dante, Nice
18 février, 10 h 17

Sous des plafonds tendus d'un élégant nacré, les hauts murs à encorbellements de l'appartement haussmannien résonnaient du ballet des créatifs et chefs de publicité circulant entre les bureaux. Vastes volumes, parquet de bois blond, lampes basse tension, meubles de verre, rideaux écrus plissés, sièges Knoll crème, cheminée en marbre et plantes vertes en pots de grès, tout ici respirait la transparence, le bon goût, tendance bobo chic.

Garri s'attendait à être accueilli par un bataillon de secrétaires-bimbos moulées à la louche, surgies du « 99 F » de Beigbeder. Il ne le fut que par une assistante de direction BCBG en tailleur sage. Simple, mais couture, sans vulgarité tapageuse. La seule touche d'érotisme étant un maquillage suffisamment discret pour souligner sa féminité sans l'imposer.

La pression était palpable au sein de l'agence sélectionnée par le gouvernement sur simples références, sans longue procédure de consultation, nécessité faisant loi. Tous sentaient confusément que l'occasion était donnée pour la première fois de reprendre l'initiative sur l'adversaire et que cette journée marquerait un tournant dans la lutte engagée. Le détective fut introduit dans la salle de réunion, emplie de grosses huiles venues de Paris. Les hôtes des cabinets ministériels français étaient facilement reconnaissables à leurs airs affectés.

Les deux directeurs associés intervenaient à tour de rôle, pour commenter un diaporama qui défila sur un écran plasma mural. Jeunes, vêtus avec une négligence étudiée, accessoirisée de superflu, ils avaient visiblement capté l'attention de l'assistance. Élus et hauts fonctionnaires craignaient plus que tout une opinion publique versatile et ils attendaient beaucoup des publicitaires. Pas de Parisiens, avait insisté le Niçois, seulement des professionnels du cru, réellement concernés par les événements. Ceux-ci, proches de l'Union patronale, avaient d'ailleurs accepté d'offrir leurs services pour la bonne cause et de ne facturer que les frais techniques. Le constat qu'ils livraient était sans appel. Une leçon de sociologie politique salutaire pour les élites, qui se recroquevillaient sous la charge des propos.

– Premièrement, pour désamorcer un explosif, il faut retirer l'air dans lequel il baigne. Sans oxygène, pas de déflagration. En l'occurrence, notre gaz conducteur, c'est l'opinion publique.

– Deuxièmement, comme l'écrit fort justement Bernard Werber, on ne combat plus un système de front, on le démode. Il faut le ringardiser. Et, pour l'instant, ils ont pris l'avantage de la modernité. Les paroles du groupe local « Pourquoi tant de N ? » parlent bien davantage au public que tous les discours de nos élus…

– Troisièmement enfin, de l'avis des sociologues, les Français, et davantage encore ceux de la rive gauche du Var, sont suspicieux vis-à-vis des messages émanant des pouvoirs publics. En cause avant tout : le parti pris de *storytelling*, que les politiciens utilisent à l'excès pour éviter d'aborder de face les vrais problèmes de société et escamoter les débats. Le citoyen a démonté la manipulation, il veut sortir de l'infantilisation à laquelle on le soumet. Il ne veut plus d'anecdotes artificielles qui bloquent les échanges et saturent l'espace symbolique. Chez nous, la vie des affaires publiques se décline comme une série américaine, en créant le manque, le besoin d'être là au prochain épisode. Les médias se multiplient et la politique se croit obligée de remplir la vacuité des tuyaux. Ces recettes éculées affadissent le discours et engendrent la frustration. On ne veut plus de ces débats incantatoires, du type allocution sous les préaux d'école de la IIIe République. Le fossé se creuse entre les élites et les citoyens, et l'opinion se demande dorénavant où réside son intérêt privé. Nous aurons beau expliquer que les impôts permettent de créer et d'entretenir les infrastructures collectives qui nous aident à vivre en société, le message tournera à vide, venant de nos dirigeants. La menace d'aujourd'hui a fait bouger toutes les lignes qui maintenaient la cohérence sociale. Nous vivons un risque d'implosion généralisée. Voici donc nos recommandations.

Le silence se fit. L'assistance écoutait la bonne parole.

– Les théoriciens de la propagande, Gustave Le Bon en tête, dont le lecteur le plus attentif a d'ailleurs été le docteur Goebbels, ont bien compris qu'on ne convainc pas la masse en s'adressant à sa raison, mais à ses émotions. En sociologie, ce n'est pas la réalité objective qui est perçue comme vraie, mais l'adhésion du groupe et la conviction qu'il en retire. Or sur quel fondement repose l'approche des Frères de la Côte ? « Vous serez plus heureux si vous ne payez plus d'impôts. » CQFD. À nous de prouver que ce postulat est faux.

L'un des communicants fit un geste. Des haut-parleurs invisibles distillèrent un air d'Alain Souchon : « …foule sentimentale, on a soif d'idéal… »

– Nous vous proposons avant tout de ne plus laisser l'apanage de la parole aux politiciens. En démocratie, on ne peut bien sûr pas les museler, mais, fort heureusement, les hasards du calendrier servent notre entreprise. Nous allons entrer dans la période de réserve prévue par la loi avant les élections municipales et c'est tant mieux. Notre suggestion est de faire appel aux dix Français et aux dix Niçois préférés de leurs concitoyens. Puis, d'utiliser à contre-emploi ces quelques icônes du show-biz, du sport ou de la société civile, pour expliquer l'utilisation des fonds publics et faire naître la crainte du manque. Il faudra sans doute éviter les résidents en Suisse ou en Patagonie, ajouta-t-il, complice. Leur accord gratuit est acquis d'avance pour ce genre de cause, c'est bon pour leur carrière. Ils seront photographiés en noir et blanc et filmés caméra sur l'épaule. Cela dramatisera les déclarations, confirmera l'urgence du propos et prouvera qu'on évite le gaspillage. Pour la sémantique utilisée, nous privilégierons des formules non convenues, contestataires, paradoxales, qui rompent volontairement avec les codes habituels de la publicité, pour ne pas créer d'amalgame. Nous utiliserons le tutoiement, à l'italienne, plus impliquant. Enfin, les thèmes retenus seront choisis par ordre décroissant d'importance, évalué selon les attentes en matière de contrat social et de solidarité nationale.

Il lança une série de diapositives.

À gauche : « Qui va entretenir les rails que tu empruntes ? », question signée d'une célébrité adulée, illustrée d'une photo de rails rouillés désaffectés. À droite : « Lui ? », suivi de la photo d'un mafieux sur la passerelle de son jet privé.

À gauche : « Qui va moderniser l'hôpital où tu seras soigné ? », demande un footballeur célèbre, illustré d'une photo de salle de soins datant du siècle dernier. À droite : « Lui ? », suivi de la photo d'un homme inquiétant, prise dans une somptueuse clinique privée.

À gauche : « Qui va permettre à tes enfants d'être éduqués ? », s'enquiert une artiste plébiscitée pour son engagement, illustrée d'une photo d'ancienne salle de classe bondée. À droite : « Lui ? », suivi de la photo d'un type issu d'un casting de Sergio Leone, posant au milieu de jeunes privilégiés dans une école privée suisse.

Suivirent une dizaine d'annonces évoquant les thèmes de la sécurité, des communications, de l'énergie, de l'emploi, de la recherche, du nettoiement et de tous les autres secteurs de la chose publique.

– En *baseline*, nous prévoyons l'accroche suivante : « Solitaire ou solidaire ? À toi de choisir ! » Elle serait servie par un code graphique aisément mémorisable, qui s'appuierait sur notre région maritime, à laquelle les citoyens pourraient aisément s'identifier : un dauphin sympathique en bande, l'animal préféré du public, avec un requin agressif, seul, le plus inquiétant. Concernant les vecteurs de cette campagne, le marketing de masse a vécu, place au *one to one* : nous jouerions les réseaux, les voisins, les copains, les communautés de blogueurs, et des mots signés par des prescripteurs de proximité : lettres de syndics de copropriété, relevés de comptes bancaires, factures mensuelles de services publics, salles d'attente de professions libérales, mailings de PME à leurs clients. Nous ajouterions des SMS, faciles à expédier, et des messages sur le Net renvoyant sur les sites mis en place par les *hackers* du Chaos Computer Club.
Bien entendu, parallèlement, nous mènerions dans tous les lieux autorisés une campagne d'affichettes et de distribution de tracts massive. Enfin, nous ferions appel aux médias pour préparer des dossiers de fond sur ces questions. Le discours des journalistes reste le plus crédible, il est encore perçu comme purement informatif et désintéressé. Un éditorial signé d'un collectif de prix Nobel de la Paix serait le bienvenu. Le gouvernement peut demander aux grands patrons des médias de s'y associer immédiatement. Et un site Internet signé d'un « Comité de vigilance citoyenne apolitique » renverrait des liens vers tous ces articles en ligne.

La lumière se ralluma dans la salle de réunion.

– Messieurs, si ce projet vous a convaincus, nous n'attendons plus que votre feu vert pour le mettre en œuvre.

Un concert d'applaudissements accueillit cette conclusion. Garri lui-même, malgré tout sceptique sur la capacité de l'agence d'influer sur le cours des choses, s'avouait séduit. Les mobiles des participants s'activèrent, saturant les standards des ministères. Le principe de la campagne était acquis. Les publicitaires avaient quelques nuits blanches en perspective, le cours du Malongo était à la hausse. Le studio était en effervescence, les concepteurs-rédacteurs commençaient leur brainstorming, les agences de casting consultaient leurs fichiers, les attachées de presse sollicitaient leurs contacts ; ça discutait ferme sémiologie, physiognomonie, audimétrie passive… Là, le Niçois était largué, il laissa faire les spécialistes. Il leur faisait confiance pour calmer la pression de l'opinion. Mais son job à lui demeurait de retrouver ce maudit parchemin. Et sa seule piste pour l'instant était ces fameux pénitents, que seul semblait connaître le gars qui avait appelé la police pour signaler le meurtre de son copain à la pyramide de la Ratapignata. Il allait retourner dans son élément, le terrain. Là où les fins mocassins de chez Tod's s'effaçaient devant les rangers Doc Martens.
Là où l'on ne faisait pas la guerre avec des mots, mais bien à balles réelles.

Marché de l'Oued, la Digue des Français,
route de Grenoble, Nice
23 février, 11 h 48

Le fort coup de sirocco qui traversait la Méditerranée charriait un sable fin en suspension qui, mêlé à la poussière de l'usine de concassage de galets, recouvrait le paysage de son linceul ocre. Du sol de terre battue aux voitures en fin de vie, tout luisait sous le soleil blanc comme une moire de fièvre.
Devant le foyer de la Sonacotra, les étals, repris en gestion par la ville, s'alignaient sur leur carré d'asphalte entouré de grillages. Les emplacements, attribués par tirage au sort aux commerçants non sédentaires, bénéficiaient même d'un poste de police municipale propret, devant lequel stationnait un véhicule de service où deux îlotiers tuaient le temps.
Mais à quelques dizaines de mètres, le vrai marché autogéré offrait toujours son labyrinthe de baraques crasseuses, qui empestaient la fumée et les mauvaises graisses. À quelques kilomètres à peine de l'ambiance aseptisée des lieux hype du littoral, il régnait ici l'atmosphère des souks orientaux millénaires. Visages flottants autour de kanouns aux reflets cuivrés, éclairs d'argent entr'aperçus aux ceinturons, il suintait comme des étreintes d'ombre de cette cour des miracles aux amas de tôles disjointes. Ici, c'était l'Aïd el-Kebir tous les jours : cet entassement de tissus et de djellabas, de sacs d'arachides, de couffins offrant les épices en vrac, de faitouts à couscous et de téléviseurs passant en boucle les séries B égyptiennes,

baignait dans une odeur omniprésente de merguez carbonisées. Tombées à terre, des têtes de mouton tranchées observaient la foule de leurs yeux vitreux mangés de mouches, leur sang absorbé par le sable en larges auréoles brunes. Une violence primitive, directement offerte du producteur au consommateur, qui se riait allègrement des directives sanitaires des technocrates européens.

Pour ajouter à l'ambiance africaine, des dizaines de milliers d'étourneaux volaient dans le ciel bas, en un gros nuage froufroutant. Sur leur route migratoire vers le Maghreb, ils reprenaient des forces avant la grande traversée. Ces acrobates ailés multipliaient les passages en vrille, les loopings et les décrochés. Mais lorsqu'ils se posaient sur les arbres, leurs déjections corrosives recouvraient le sol qui devenait glissant. Une feuille morte vint se plaquer sur le pare-brise d'une camionnette blanche, garée sur le parking, et elle resta collée sur des traînées de fientes.

– Sympa comme camouflage, ronchonna Pascal, en planque à l'intérieur du « sous-marin », un fourgon banalisé aux vitres sans tain, tandis qu'un passant achevait de se soulager sous ses yeux contre une roue du véhicule.

– Comme quoi la réalité dépasse la miction, pouffa Garri, que cette situation amusait.

Ils étaient confinés dans cet espace depuis l'aube, sur une dénonciation. Il y avait bien longtemps que les ambulants chinois essayaient de s'implanter sur ce marché oriental considéré comme juteux. Non pas tant pour le chiffre d'affaires des stands de fripes ou d'épicerie sèche, mais pour tous les trafics chelou qu'il dissimulait au fond, sur les berges du Var, l'*oued*[87] dans leur jargon. Info intéressante en soi, puisque les négociants itinérants asiatiques étaient traditionnellement maqués avec les triades. Mais le détective avait appris par l'un de ses indics que ce marché de la dope avait subitement monté en gamme, passant du petit chichon des familles à la grosse artillerie de l'héroïne, dont il était devenu l'une des plaques tournantes dans la région, malgré la réticence des commerçants arabes du cru. Et l'information du jour était que des hommes de main albanais venaient dorénavant épauler les honorables citoyens de l'empire du Milieu, pour évincer leurs concurrents musulmans avec des méthodes pour le moins expéditives. Une piste à ne pas négliger pour essayer de remonter jusqu'aux Frères de la Côte. Ne voyant toujours rien venir à mi-journée, l'inspecteur s'enquit du profil de l'indic.

– Oh, une vieille tarlouze urophile qui venait tremper ses mouillettes de mie de pain dans les pissotières du foyer des travailleurs immigrés, répliqua Garri. Une fiotte authentique : pour lui, manger de la vache folle, ce serait du cannibalisme ! De liftings pathétiques en cures de botox à outrance, il courait après sa jeunesse. Mais, hélas, pas seulement après la sienne. À la demande de parents inquiets, je l'ai convaincu de cyber-pédophilie. Comme il officie dans deux ou trois conseils d'administration de la région – je crois même qu'il en préside un – je lui ai évité l'opprobre de ses pairs contre une collaboration totale. Maintenant, il me rencarde.

– Alors, ce type est toujours libre comme l'air après ce qu'il a fait ? T'es vraiment dégueulasse.

– Attends, ma poule, tu ne crois pas qu'il est plus utile à la société en me renseignant sur ces trafics que s'il était coincé entre les quatre murs de la maison d'arrêt de Grasse, à se faire réaléser le fion par les petites frappes de sa cellule ?

Un coup discret fut frappé à la portière. Un homme grimpa à l'intérieur. Garri fit les présentations.

– Amazigh[88], le caïd du marché. Né dans la province d'Al-Hoceima, c'est un Chérifien, la tribu marocaine la plus respectée parce que considérée comme descendante du Prophète.

Le Rif était un pays rude et accidenté, perpétuellement insoumis, qui refusait de faire allégeance au pouvoir et de payer l'impôt. Un interlocuteur de circonstance. Avec son nez épaté, le Berbère était aussi trognon qu'un demi de mêlée maori scandant un *haka*[89], d'autant que son visage grêlé portait les stigmates d'une syphilis mal soignée. Sa djellaba devait lui tenir occasionnellement lieu de mouchoir, car on y lisait l'historique de ses rhumes depuis trois ramadans. Pascal tenta de décrypter ces hiéroglyphes organiques, tandis que GG expliquait la situation au chef, lui demandant l'aide de ses hommes pour coincer les Albanais.

– Je ne les connais pas, *akarbi*[90]. Ces cochons sont des musulmans et ils se dissimulent parfaitement parmi nous. Ils menacent tous les commerçants d'ici et les Chinois récupèrent les stands. Mais on n'en a jamais pris un sur le fait.

Il leur demanda s'ils n'étaient pas intéressés par un lot de i-phone flambant neufs et, devant leur refus poli, il les quitta en leur affirmant son soutien. À moitié rassuré, le Niçois entraîna alors le policier vers les étals, tenant en main la photo que lui avait confié son indic.

– C'est lui, dit-il en désignant un vendeur de lecteurs de CD bariolés, qui n'avaient pas vraiment dû satisfaire aux opérations de dédouanement : Lei Ping, le chef des commerçants asiatiques.

Pascal lui fourra sa carte tricolore sous le nez. L'autre ne se démonta pas.

– C'est pour quoi ?

– Si je vous disais que c'est pour vous fourguer un calendrier des orphelins de la police, vous ne me croiriez pas !

– La dernière fois que j'ai rencontré un poulet, c'était au rayon surgelé de Auchan à La Trinité.

– Le fait est que, quand je m'observe, je m'effare, admit le natif du neuf-trois. Le détaillant se rengorgea. Mais, quand je me compare, je me rassure.

Son vis-à-vis grimaça. Un Asiatique n'aime pas perdre la face.

– On aimerait rencontrer tes amis albanais. Autrement, on te dénonce à la douane et on te renvoie chez toi.

– Je m'en fous, je reviendrai aussitôt.

On était dans l'impasse. Le coup de bluff du policier tombait à plat. La loi le désarmait. L'autre poussa son avantage.

– Donnez-moi une seule bonne raison de vous obéir.

– *Lou remédi*[91], répondit GG, lui plantant son feu sous le nez.

– Dans votre pays, un policier n'a pas le droit de faire ça.

– Lui, c'est un policier, moi, un tueur à gages.

– Bon, ne tirez pas, je vais vous dire comment reconnaître les Albanais. Ils…

La description resta coincée dans sa gorge. Logique. Une lame effilée émergeait de sa carotide de dix bons centimètres. Les deux hommes tournèrent la tête dans la direction opposée au manche et virent une silhouette en burnous, la tête encapuchonnée, détaler vers le fleuve. Ils se lancèrent à sa poursuite en criant :

– Amazigh ! Les Albanais ! Amaziiiiigh !

Ils zigzaguèrent entre les étals, mais le tueur devait être entraîné car il les distança rapidement dans le labyrinthe de tentures et de cartons. Cependant, le téléphone arabe devait fonctionner plus rapidement qu'Internet car, arrivés à la hauteur de la boucherie, ils virent deux commerçants tenant l'homme sous la menace de leurs tranchoirs. Un troisième palpa le prisonnier et retira de ses fourreaux deux poignards à lame large. Un attroupement haineux se forma bientôt autour d'eux. Des invectives fusèrent. Le caïd arriva sur ces entrefaites et les entraîna à l'intérieur de l'échoppe. Ils pataugèrent dans une mare de sang couverte d'un essaim de mouches. Une flaque d'eau stagnante couvrait le reste du sol en ciment, façon bouillon de culture. Ils enjambèrent la pouponnière, où devaient s'ébattre quelques milliards de bactéries se la jouant Esther Williams. Deux cous de poulets gisaient encore à terre, que le caïd éloigna du pied. Il tira la capuche du burnous en arrière. Un visage cabossé apparut, déformé d'un mauvais rictus. Ses deux poursuivants reconnurent immédiatement la photo d'Auvare. Le Gitan !

– Chef, je lui mets une cartouche ? demanda un jeune excité qui brandissait un fusil de chasse.

– Non, pas tout de suite, répondit le Marocain. Ou alors, tout à l'heure, dans les genoux, si Dieu veut.

L'autre cilla trois fois. La mise en scène avait de quoi impressionner les plus courageux.

– Allez, juste un coup de gros 12, insista le Nemrod en herbe, visant le Manouche.

– Non, Rachid. Plus tard, peut-être.

– Vous êtes pas joueur, chef, bougonna le jeune en s'éloignant, sa pétoire à l'épaule.

Pascal laissa faire le sale boulot aux Berbères et les deux hommes sortirent. À leur retour, un quart d'heure plus tard, Virgil n'avait toujours pas desserré les dents. Un vrai dur à cuire. Le visage tuméfié n'avait plus forme humaine. Garri réprima une nausée et fit une ultime tentative.

– Si tu ne nous donnes pas au moins un petit indice, tu ne nous sers à rien et alors on te confiera à Rachid. Autrement, on t'emmène et on te remet à la justice de notre pays.

Le meurtrier savait que la moindre révélation sur ses mandataires équivaudrait de toute façon à un arrêt de mort à plus ou moins long terme. Un nouvel interrogatoire soft demeura aussi infructueux. À la fin, mû par un pressentiment, Garri évoqua les pénitents pourpres. Le supplicié se redressa, trouvant une porte de sortie. Il confirma leur existence et consentit à révéler un détail qu'il considérait sans doute comme accessoire et sans conséquences pour lui. L'identité du roadie clandestin recherché par l'ordre occulte. Il avait été missionné pour les aider à l'exécuter. Il s'agissait de l'ingénieur du son de The Fucking Devil Bastards, un groupe régional de rock gothique. Le policier lui passa les menottes et ils s'apprêtèrent à l'emmener. Le caïd s'adressa au prisonnier.

– Si les Frankaouis te remettent en liberté, tu diras à ton patron que les Rifains sont revenus à l'Oued. On veut plus de vous ici. Ou sinon…

Il fixa le Rom dans les yeux, passant lentement son pouce le long de sa carotide, mimant le « sourire du harki ».

Sur la route du retour vers le commissariat, Garri appela l'indispensable Magali, en lui demandant de se renseigner sur la date du prochain concert des musiciens sataniques.

– C'est des rebelles, ils ont la réputation de ne jouer que dans les rave parties clandestines. Ils fuient les embrouilles avec les keufs, ils ont peur de se faire confisquer leur matos. Mais t'inquiète pas, je me rencarde. Le seul blème, c'est qu'on n'est au courant du lieu qu'au dernier moment, pour éviter les fuites.

Tant mieux, car celui qui voulait faire taire le musicien n'aurait pas le temps de préparer son opération. Garri ne serait pas le seul à faire semblant d'assister à ce concert de garçons bouchers pour la beauté de leurs harmonies…

Tard dans la soirée, il reçut un SMS de l'adolescente. « Rav fukn dvl bastrd C ce soir. » Victor Hugo devait se retourner dans sa tombe… Il décoda en ânonnant : « La rave party de The Fucking Devil Bastards aura lieu ce soir. »

Ruines de Châteauneuf-Villevieille
23 février, 23 h 58

Des écorchures de lune soulignaient les murs effondrés. Les contours laiteux du donjon branlant se découpaient sur un ciel d'encre, tel un squelette veillant sur les ténèbres. Une procession de silhouettes courbées escaladait la montagne. Soudain, un groupe électrogène se mit à ronronner et une batterie de projecteurs illumina le village fantôme. Enfin, on y était. Garri n'y croyait plus.

Tout avait commencé ce samedi soir devant le lycée de Magali, construit sur le lit du Paillon. Pour éviter d'attirer l'attention, l'adolescente lui avait fait revêtir l'uniforme de circonstance : sweat à capuche, converses bigarrées aux pieds, cheich autour du cou, baggy sous les hanches. Ils poireautaient depuis une heure, assis sur les rambardes à scooter. Un copain de la gamine les accompagnait, renfrogné. La teen lui avait lancé :

– Oh, Guillaume, tu pourrais masquer ta gaieté. *Ma qué mourre de tolà*[92], celui-là !

– Le rock gothique, c'est trop la loose ! Je préfère le punk, c'est la dernière musique inventée par des Blancs depuis Mozart !

– Qu'est-ce qu'il a, ton pote ? avait glissé GG à l'oreille de la petite.

– T'inquiète, sa loute vient juste de le dribbler et il a les glandes velu[93].

Deux ados boutonneux déboulèrent sur un deux-roues pétaradant, vêtus de sweat-shirt « socca addict » et « pan-bagna connection ». Ils saisirent sur leur mobile les téléphones des raveurs et repartirent vers un autre point de rendez-vous. Une minute plus tard, les petits écrans rétro-éclairés s'étaient mis à afficher le SMS commun autour du parvis.
« ConcR gotik rav ze fkn' dvil bastrds c soar a 24 ds lé ruin de chatonEf vilviéll a partir 2 cont suivr pano "c par la". »
Magali avait traduit : « Le concert gothique rave de The Fucking Devil Bastards aura lieu ce soir à minuit dans les ruines de Châteauneuf-Villevieille. À partir de Contes, suivre les panneaux "C'est par là". » Chacun des participants s'était chargé de le transférer à son propre groupe de copains en attente et le message s'était répercuté dans les éthers. Une organisation d'enfer, c'était le cas de le dire, qui excluait flics, adultes et non initiés.

Ils faisaient maintenant la queue sur un sentier caillouteux, dans un vieux nuage empétardé à la ganja en guise d'apéritif. Magali tenta de carotter.

– Alors, ça avance ? Je dois passer devant, je suis enceinte.

Un roadie suspicieux se retourna pour scruter le ventre plat de la gamine à peine pubère.

– Ah oui, et de combien ?

– De cinq minutes ! Ça te regarde ?

– Allez, à la queue comme tout le monde. Quel carnaval, ces gonzesses !

– D'abord, tu me causes meilleur !

Une fille de dix-huit ans à peine tenait la caisse improvisée, donnant le ton. Cheveux « ailes de corbeau », rouge à lèvres vermillon sur une peau diaphane, bagues à tête de dragon, boucle de ceinture à serpents entrelacés, elle était vêtue d'une longue robe de dentelle noire échancrée jusqu'au maillot, proposant à la caresse deux lourdes sphères de chair ivoire qui palpitaient. Ses yeux verts cernés de rouge semblaient perdus dans une mélancolie lugubre.

– C'est cinq euros.

Le détective se plongea dans sa pupille absente et son iris absinthe... Fasciné par cette volonté de s'enlaidir qui mettait paradoxalement en valeur sa féminité, il lui trouva la beauté du diable. Ce mélange de macabre et de sensualité donnait un relief particulier à son désir charnel.

– Ton look, là, c'est rebelle néoromantique ou cyberpunk ? demanda-t-il pour engager la conversation, simulant la curiosité de décoder les nouvelles tribus urbaines.

– C'est postsatanique, bâtard, lui lâcha-t-elle, méprisante. Au suivant.

– Je suppose que, pour une proposition de partie de jambes en l'air, c'est pas gagné ? tenta-t-il malgré tout, fusillé du regard par le gorille tatoué jusqu'aux gencives qui surveillait la caisse.

– T'es pas le bienvenu, ici, mec. Quand les cons voleront, le ciel sera kaki.

– Je ne suis pas gendarme, mais journaliste.

– Allez, bougez de là.

Un clone tout droit sorti du Mordor leur proposait un petit panier empli de pilules multicolores, quand le privé sursauta. Dzzzoooiiiing. Un son bien crade envahit le silence, un doux mélange d'amplis saturés et de pédales de distorsion trafiquées. Les Foufounes enfragannées, annoncées comme un groupe ethno-punk nissart, assuraient la première partie du concert, chargées de chauffer une assistance déjà bien perchée. Surplombées de crêtes multicolores, vêtues de gros blousons d'aviateur, mini-jupes en jean's, bas résille déchirés et bottes de paras aux pieds, elles étaient aussi percées d'épingles que des poupées vaudou.

Garri cria à l'oreille de Magali :

– Ne me suivez pas, c'est dangereux. Restez sous cet arbre, je vous y retrouverai. Si je ne reviens pas d'ici la fin de la soirée, tu appelles ce numéro, c'est la gendarmerie la plus proche.

– Attends, je kiffe grave, lui répondit-elle en hurlant. C'est trop d'la balle, ici. Et tu vas voir le chanteur des Bastards comme il est chou. Quand je le vois, je bloque total !

Le détective se mit en quête de la régie, à la recherche de l'ingénieur du son, piétinant dans le noir des corps amorphes ou évitant des excités aux cernes violets, gobant des ectasy. Les musiciennes entamèrent une libre interprétation beuglante du tube de la saison. Soudain déchaîné, le public bondit sur ses jambes et se mit à trépigner à l'unisson. « Un impôt, des impasses/une taxe, des tapas/un préfet, des pouffiasses/un pétard, des pétasses. »

La foule vociférait, elle tenait bien là son hymne rebelle, soudée par le rejet de l'autre. « Une salade, des salauds/un cocktail, des Cocteau. »

Tous reprirent le refrain en chœur, s'égosillant à en couvrir la sono. « Impôts, c'est trop/impôts, c'est vraiment trop/qu'est-ce qu'ils ont fait à mon comté/ils n'ont cessé de le saigner. »

Sur la chute du morceau, ils mimèrent tous ensemble le dernier plan du clip vidéo, représentant un inspecteur du fisc grimé en gangster, qui menaçait un contribuable de son revolver. « Oh, Nissart, tu raques ou je te fume ? »

Le détective repensa à la réunion du matin. Le publicitaire avait raison. Il allait y avoir un sacré boulot pour contrer une chanson pareille…

Les Foufounes interprétèrent en final une bouillie hasardeuse de *Calan da Villafranca*, qui ne recueillit qu'un succès d'estime. Elles quittèrent la scène sous des sifflets ingrats, leurs majeurs élégamment levés à la verticale. Un DJ s'était emparé des

platines, le temps que les Bastards envisagent de massacrer à leur tour les amplis. Le privé repéra enfin la régie du groupe, installée à l'écart : un Combi Volkswagen peint en noir, qui avait dû connaître des jours meilleurs. Flanqué d'un tee-shirt AC/DC d'où émergeait une paire de bras décharnés, un jeune type s'activait à la table de mixage, branchant des câbles et procédant aux derniers réglages. Le privé lui proposa une bière fraîche achetée au stand voisin et lui donna un coup de main pour s'allier ses bonnes grâces. Le gars avait résolument poussé tous les curseurs en position haute. Il devait être ingénieur du son à peu près autant que Garri danseuse au Blue Boy…
Après dix minutes à tourner autour du pot, le détective lui avoua que des amis communs, dont il ne retrouvait plus le nom, lui avaient parlé de sa mésaventure à la pyramide de Falicon. L'autre se ferma comme une huître. Mais le privé se fendit d'une seconde bière et lui affirma qu'il était là, au contraire, pour le protéger. Après quelques instants d'hésitation, le virtuose rachitique décida de lui faire confiance et lui relata les événements. Il était avec un copain, en repérage de nuit pour organiser une mini-rave dans la grotte de la Ratapignata, quand ils étaient tombés sur deux mecs revêtus de cagoules du Ku Klux Klan.

– Ils nous ont poursuivis et ont descendu mon pote d'un coup de feu. J'y suis retourné le lendemain avec le groupe, mais on n'a rien retrouvé et toutes les traces avaient été effacées. Depuis, ils me cherchent, c'est sûr. Y'a plein de gars zarbis qui posent de drôles de question sur moi en ce moment et je sens qu'ils se rapprochent.

– Ils étaient de quelle couleur ?

– Drôle de question. Il faisait nuit, mais quand ils ont allumé leur torche, j'ai vu qu'ils étaient violet-rouge, plutôt framboise écrasée, tu vois ? Ou lie de vin…

– Pourpres ?

– Oui, c'est ça, exactement, pourpres.

– Tu as vu leur visage ?

– Non, ils avaient leur masque pointu, je te dis.

– Alors, pourquoi voudraient-ils te descendre ?

– Je sais pas.

– Tu ne les as pas vus faire quelque chose de spécial ? Ou entendus...

– La seule chose que j'ai comprise, juste avant qu'ils nous repèrent, c'est une phrase : « On se gèle ici, on était mieux dans la crypte de Nice. »

– Pourquoi tu n'as rien dit aux keufs ?

– J'ai essayé, mais je me suis ravisé. Le rock satanique est assez mal vu et on est condamnés à la clandestinité.

Comme le concert allait recommencer, GG le quitta et le roadie retourna à ses manettes. Dans un nuage de fumées méphitiques, les Devil Bastards attaquaient par leur chanson fétiche, *Bien profond*, un poème léger où il était vaguement question de démons sidaïques faisant subir les derniers outrages à des vierges effarouchées. Le détective comprit mieux leur souci de discrétion. Pas le genre de tube à interpréter sur le plateau de Drucker...

Il récupéra les deux ados, furieux d'être interrompus en plein nirvana, et repartit, non sans avoir glissé ses coordonnées à la chauve-souris de l'entrée.

– On doit se revoir, c'est notre destin. Un *garri*, c'est fait pour une *ratetta*[94].

– Moi, c'est Justine.

Sade, pas mort. Un frisson le parcourut. Au regard de jade qu'elle lui lança, il sentit que tout n'était pas perdu. Ils redescendirent en trombe dans la vallée et arrivèrent enfin à la brigade de gendarmerie de Contes, qui attendait sagement la fin de sa mission pour envoyer là-haut ses véhicules. Le détective fit servir un café chaud aux deux adolescents et ils reprirent tous trois la route du retour. Dehors, il n'y avait plus un seul représentant de l'ordre. Le dernier militaire était enfermé dans le local, de garde auprès de la radio. Quelques garçons hébétés erraient dans le village, cherchant encore le chemin de la party ou ayant explosé leur véhicule à bout de souffle. Ils croisèrent un rasta aux dreadlocks graisseuses, assis sur le bord d'une fontaine. Les yeux absents, l'élastique de son garrot entre les dents, il tentait maladroitement de se shooter. Une vieille en chemise de nuit ouvrit ses persiennes à la volée au-dessus de lui, furieuse.

– *Allez vaï, manda la poumpa, bastardoun !*[95]

Indifférent à ses invectives, le junkie cherchait à tâtons un morceau de veine encore intact pour y planter son aiguille. Garri accéléra, abattu.

Ses passagers s'étaient endormis sur la banquette arrière. Il était satisfait d'avoir retrouvé la trace des pénitents, seul contre tous. Cependant, s'ils se dissimulaient vraiment dans une crypte de sa ville, comment pouvoir les fouiller toutes ? Rien que le sous-sol du Babazouk, c'était déjà un gruyère. Au Moyen Âge, les souterrains étaient le meilleur moyen de fuite en cas d'invasion et la plupart des maisons communiquaient. La route n'en finissait plus. Il était épuisé et rêvait d'une douche comme un chien pense à un os.

À l'entrée de Nice, un gyrophare pétrifiait la route de son faisceau glacé, sous un Renault Trafic bleu en chicane. Un barrage. Une silhouette en képi, revêtue d'un gilet fluo, lui enjoignit de s'immobiliser et une torche l'aveugla.

– Monsieur Gasiglia ? Gendarmerie nationale. Veuillez sortir de votre véhicule, je vous prie. Un ingénieur du son vient d'être découvert dans sa camionnette à l'issue d'un concert à Châteauneuf-Villevieille. Électrocuté. Il était ficelé à sa chaise, les mains sur le générateur et les pieds dans une bassine d'eau.

On aura du mal à croire à un suicide... Or, vous êtes le dernier à l'avoir rencontré, nous devons vous interroger.

– Mais c'est absurde, j'étais en mission !

– Nous ne faisons que respecter la procédure. Notre voiture va ramener vos passagers chez eux.

Son mobile sonna. C'était Justine, la chauve-souris aux yeux verts, qui, concert interrompu, se proposait de le rejoindre pour sacrifier aux rites du bestiaire envisagé... Il bredouilla une excuse, sous le regard goguenard de ses accompagnateurs. Une magnifique occasion perdue par la faute de ces blaireaux ! Des sévèrement lochées de ce calibre, il n'en retrouverait pas tous les jours. Un fantasme absolu de *vampirella* au regard taciturne, qu'il aurait rêvé d'arriver à faire rire dans ses bras. Son Wonderbra était une insulte à la fidélité. Mais, à peine envisagés, ses fruits qu'il devinait au goût de miel s'éloignaient. Il bouillait de rage.

Le calendrier chinois, c'était de la foutaise. L'année du Rat ne lui portait vraiment pas chance...

Slapette, quai des Deux-Emmanuel, port de Nice
24 février, 8 h 44

Debout sur la dunette, Garri s'étira au soleil, dont les premiers rayons caressaient les façades ocres. La sculpture métallique de la Grue 14, récemment classée à l'inventaire des monuments historiques, étincelait sous ses éclaboussures, qui mouchetaient la surface de l'eau de milliers de petites fées Clochette. Les rumeurs de la circulation lui arrivaient assourdies. Il huma l'air chargé de sel, ivre du ressourcement que lui procurait ce havre clapotant. L'appareillage le démangeait.

Moins d'une heure auparavant, il se trouvait encore enfermé dans la salle de garde à vue de la caserne Auvare.

– C'est bon, les gars, on peut le libérer. Gasiglia, c'est pas un cave à la redresse, c'est un mecton régulier.

Le langage fleuri du flic grandi dans les cités de la Seine-Saint-Denis avait sonné comme une symphonie aux oreilles du privé. On l'avait interrogé toute une partie de la nuit, puis disculpé. Cinq spectateurs avaient vu un adulte en blouson mauve entrer dans la camionnette après son départ.

Il composa le numéro de son copain Dominique. Historien du comté, ce dernier s'appêtait à faire visiter le musée Masséna à une délégation de l'Institut de la maison royale de France. Il laissa un message sur son répondeur, afin qu'il lui transmette dès son retour la liste des cryptes de Nice.

Une impérieuse injonction de sa prostate lui rappela l'encombrement de sa vessie et le précipita aux toilettes. Une fois la pres-

sion soulagée, il remonta et s'immobilisa, tétanisé. Une balle au calibre 11,43 était posée sur le culot, au centre de la table du carré. La concision du message, qu'il venait seulement de découvrir, n'excluait pas l'éloquence. Ultime avertissement.
Le cœur battant, il dégringola la passerelle et apostropha le vieux pêcheur dont le pliant était installé à demeure sur le quai, et qui regardait passer les pointus et les années avec une égale humeur. L'ancêtre lui sourit de tous ses chicots.

– Alors, vous l'avez retrouvée, votre amie, l'écologiste ? Elle est arrivée par le premier avion, elle m'a dit qu'elle vous faisait la surprise.

– Quoi ? Elle est repartie ?
L'autre haussa les épaules en signe d'ignorance. Il allait régulièrement faire provision de kérosène au bar du coin et de fumigène chez le buraliste voisin. Le détective fonça vers une bande de jeunes qui menait une partie de pilou-pilou[96], un peu plus loin. Ils lui apprirent qu'ils avaient bien vu sortir du bateau, une heure auparavant, deux hommes portant une fille évanouie dans leurs bras. Ces derniers leur avaient expliqué qu'elle avait eu un malaise et qu'ils l'amenaient à l'hôpital. Le privé revint comme un fou au caïque, apostrophant le pêchou.

– Mais, nom de Dieu, vous m'aviez assuré que vous surveilliez mon bateau ! Rappelez-moi de ne plus jamais vous demander de me rendre service, vous êtes gentil !

– Et même si je les avais vus, ces types, j'aurais rien pu faire pourquoi je suis vieux, eh ? La lutte, elle aurait été inégale. C'est Harry Potter contre le pot de fer !
Le portable de Garri vibra.

– Sympa, votre copine, quoiqu'un peu hystérique, ricana une voix rocailleuse.

– Qui êtes-vous, bon sang ?

– Vous tenez mon lieutenant Virgil, je tiens votre fiancée. Un partout.

Une douche glacée s'abattit sur les épaules de Garri. Il remonta la passerelle en chancelant et s'effondra sur la banquette. Salomé était entre les mains de l'Albanais psychopathe… Une autre voix s'adressa à lui, menaçante : le Phénicien !

– Notre ultimatum s'achèvera demain 25 février, monsieur Gasiglia. Et je m'interroge sur ce sentiment persistant que j'éprouve de m'être fait violemment dilater le fondement par vos soins. Comme cela m'occasionne quelque douleur, je vous serais reconnaissant de bien vouloir me livrer sous les vingt-quatre heures l'onguent approprié pour calmer ce traumatisme. Soit la certitude que nos textes seront enfin soumis au vote de votre Parlement.

Le Niçois entendit la voix du Kosovar, à l'écart.

– Monsieur Charaf, je commence tout de suite à lui briser les phalanges ou je vous attends ?

– Vous avez entendu Çiltërim, Gasiglia ? Si demain à midi au plus tard nous n'avons pas la preuve que votre procédure législative est entamée, je lui confie la petite. Il va vous en expliquer lui-même les modalités.

La voix rauque résonna à nouveau à ses oreilles.

– Joli corps, je vais me régaler. Si nous n'obtenons pas satisfaction, chaque jour qui passera je vous enverrai une pièce de votre fiancée en kit. Rassurez-vous, je ne toucherai pas aux organes vitaux, personnellement je ne suis pas pressé…

– Passez-la moi ! supplia Garri, la gorge nouée.

– Elle dort comme un bébé, nous avons dû lui administrer un tranquillisant, une vraie furie !

Le privé fut atterré. Les heures qui venaient auraient le poids du plomb.

Restaurant L'Atelier de la cuisine des fleurs, Pont-du-Loup
24 février, 12 h 07

– Non, commissaire, n'écrasez pas les petits cubes de foie gras frais ainsi. Prenez-les délicatement. Voilà, comme ça. Et maintenant, déposez-les sur les rectangles de pâte à filo que vous avez badigeonnés de beurre clarifié. Bien.

L'animateur de l'atelier lissait son bouc poivre et sel d'un air malicieux. On était dimanche et Van Campenhout s'octroyait quelques instants de détente en accompagnant son épouse et trois couples d'amis qui avaient décidé de prendre un cours auprès de Terrillon, le chef aux doigts de rose. L'enquête n'avançait pas et il n'était pas d'astreinte. Pascal assurait la permanence à la caserne. En attendant, il se plongeait dans l'apprentissage des différentes façons d'accommoder les pétales. On était à quelques pas de Tourrettes-sur-Loup, la capitale de la violette, qui fêtait ce mois-ci la petite fleur odorante, et toute la vallée vibrait à l'unisson de ses fragrances. Les apprentis cuisiniers s'activaient autour du chef, revêtus de leurs longs tabliers. Une belle lumière dominicale s'invitait par les larges baies vitrées, d'où l'on distinguait tout là-haut les murailles du village de Gourdon agrippé à la sortie du canyon. Le policier salivait déjà, au parfum qui s'échappait de la cocotte. Une viande tendre, juste panée de violette cristallisée, puis poêlée aux girolles et légumes du moment, recouverte de jus simple aux herbes, ça le changeait agréablement de l'ordinaire de la cantine de la PJ.

À propos, que foutait Pascal, il aurait déjà dû lui faire son rapport sur la rave party ? Ce silence ne lui disait rien qui vaille. Il alla consulter par acquit de conscience son mobile déposé sur la tablette de l'entrée.

– Bon sang, c'est pas vrai ! Meeeeerde !

Concentré sur sa préparation, il avait réglé son appareil en mode vibreur !

– Tip. Vous avez neuf nouveaux messages. Tip. Patron, c'est Pascal, rappelez-moi, c'est urgent ! Tip. Commissaire, c'est Garri ! Salomé a été enlevée par ces salopards. Ils me font du chantage. Je sais où ils sont. Radinez-vous en vitesse, faut les serrer. Tip. Patron, c'est encore Pascal. Faudrait faire intervenir la cavalerie, mais j'ai pas l'autorité. Où êtes-vous, bon sang ?

Van Campenhout s'isola dans la salle à manger voisine, sur la longue table d'hôtes apprêtée pour ce savoureux rendez-vous. Le vaisselier de bois rustique, la mise en place coquette, les assiettes décorées, l'argenterie, tout ici respirait la propreté d'une bourgeoisie provençale, une harmonie pastel à mille lieues du cauchemar qu'il sentait se profiler. Il rappela aussitôt Garri, qui se trouvait aux côtés de Pascal.

– Comment avez-vous localisé votre copine ?

– Depuis qu'elle collabore avec Greenpeace sur tout le globe, son smartphone est équipé d'une puce antivol, la star du M2M[97], qui utilise des applicatifs de géolocalisation.

– Et où est-elle ?

– Le signal est faible, mais le centre opérationnel des écolos la situe au pied de la colline du château de Nice, exactement devant le monument aux Morts. Trois hommes à vous balaient le terrain. Aucune trace d'elle ni de son portable.

– Les Verts se portent garants de ce système ?

– Comme de leur première manif antinucléaire ! C'est un petit boîtier de positionnement par satellite, connecté au réseau d'un opérateur de téléphonie. Un truc pour récupérer les pilotes d'avion de chasse qui s'éjectent en opération. Après vérification, d'après la puissance de l'onde émise, elle ne serait pas sur l'esplanade, mais quatre à cinq mètres en dessous.

– Qu'y a-t-il à cet emplacement ?

– D'après l'Équipement, rien. En revanche, ils nous ont rappelé que, face à la menace de débarquement allié en 1944, la Wehrmacht avait transformé le château en camp retranché, pour en faire un pivot de défense du mur de la Méditerranée. Ils ont truffé le rocher d'abris, de casemates et de postes de tir. Avec notamment un puits de huit mètres de large creusé à la verticale de la colline, dont le forage arrivait au niveau de la mer. C'est l'actuel ascenseur du château. On connaît l'existence, à vingt mètres de profondeur, d'une galerie horizontale rejoignant une plate-forme d'artillerie de marine, sur la place Guynemer. Mais les archives de la Résistance sur le STO[98] font état d'un tunnel creusé plus bas, en grand secret, par des prisonniers russes, dont on n'a plus jamais entendu parler. Je vous passe votre adjoint, il vous en dira plus.

– Patron ? On a contacté la Marine nationale il y a une heure. Leur service historique vient de me confirmer que l'état-major allié craignait une attaque de torpilles humaines contre les navires d'un éventuel débarquement à Nice. D'après le renseignement militaire, la Kriegsmarine avait creusé sous le rocher de Rauba Capeu[99] une mini-base pour des SLC *maiale*[100] pris aux Italiens. Vous savez, ces fameux scooter-torpilles chevauchés par les « hommes noirs du prince Borghese », leurs plongeurs-nageurs de combat. Arrivés sous la coque des navires ennemis, ils y fixaient le cône explosif et repartaient à la nage… De sacrés couillus, entre parenthèses, commissaire.

– Épargnez-moi vos commentaires, Pascal. Et alors ?

– Alors, à la Libération, l'Amirauté a focalisé ses tirs sur l'entrée du tunnel sous-marin, qui s'est effondré sous les bombardements. D'après le moniteur du club de plongée du port, on ne le distingue plus que par une excavation large comme une assiette à soupe. De son côté, l'armée a fait murer tous les accès terrestres pour éviter les accidents. La seule ouverture est une salle située après la caisse de l'ascenseur. Les services techniques de la ville y entreposent du matériel. Ils confirment qu'une lourde porte blindée en occupe l'extrémité sud, soudée et rouillée.

– Réquisitionnez-les immédiatement pour l'ouvrir.

– Pétan, Van Campenhout, hurla Garri, s'emparant du combiné, ne faites pas ça ! Ils m'ont juré de la tuer si nous tentions quoi que ce soit contre eux ! Leur ultimatum s'achève dans vingt-quatre heures. Allez-y en douceur. Vous n'avez pas une caméra sous-marine téléguidée pour aller les observer par ce foutu tunnel ? Dans la moindre série américaine, ils font ça à la coule et vous, vous me la jouez gros bras ?

– Calmez-vous, Gasiglia, vous regardez trop la télé. Ou bien il fallait bosser à Disneyland !

– À propos, vous êtes où en ce moment ?

Le commissaire serra les dents devant l'insultante répartie. Il préférait passer l'éponge, étant donné les circonstances.

– Au Pont-du-Loup, à L'Atelier de la cuisine des fleurs.

Un silence...

– Garri, vous êtes là ?

Le détective réfléchissait à toute vitesse, cherchant un indice.

– Vous avez bien dit au Pont-du-Loup ? À côté de la confiserie Florian ?

– Eh bien, oui, ils sont associés, je crois ?

– Commissaire, vous êtes un génie ! Quand j'étais gamin, je passais mes dimanches à l'ancienne chocolaterie Florian, quai Papacino. Un jour, un vieux contremaître m'avait montré une grille métallique, au fond de l'arrière-cour qui servait d'entrepôt, en me disant que c'était la dernière entrée connue des souterrains du château...

Impatient de vérifier cette information, le commissaire ouvrit à la volée la porte vitrée du Bistrot de l'atelier, où les spécialités du chef s'offraient à la convoitise de chacun. Quelques clients se pourléchaient autour des tables de friands au confit de roses et de gaufres à la lavande. Il longea un chariot ouvragé à l'ancienne, qui regorgeait de péchés acidulés, sorbets à la verveine et crèmes glacées aux plantes aromatiques du jardin, puis passa sous l'arche centrale. Au fond de la seconde pièce voûtée, aménagée en vaste salle de cours de cuisine, une longue étagère de bois croulait sous une corne d'abondance : flacons de pastis à la violette alignés comme à la parade, flûtes longilignes de liqueur de mimosa, paniers de clémentines confites, petits pots rondouillards de miel aux pétales de rose cristallisés, coiffés de leur charlotte écrue. Le jeune couple de propriétaires se tenait devant le plan de travail, occupé à faire déguster à leur importateur japonais les dernières trouvailles. Ils confirmèrent les dires du détective.
Le policier prenait maintenant connaissance des plans d'archives de la chocolaterie, étalés sur la table. Il repérait le départ des galeries creusées sous le rocher, où étaient stockées les balles de cacao à l'époque, tandis que le directeur appelait sa sœur qui tenait la boutique du port de Nice.

– Sandrine ? C'est Frédéric. Tu as toujours les clés de la vieille grille qui mène au souterrain ?… Ah, tant mieux.

Quand il eut raccroché, le commissaire se sentit soulagé.

– Merci ! Vous permettez que j'embrasse Nathalie ?

Il partit en coup de vent, remonta faire ses adieux à son épouse et à ses amis, puis se précipita vers son véhicule de fonction. Tout en enchaînant les lacets des gorges du Loup, sirène hurlante, faisant sursauter les cyclistes-sandwich qui pédalaient en file indienne, il rappela son bureau.

– Pascal, j'ai les plans. Nous allons essayer de les prendre à revers. Cependant, la réaction de Gasiglia m'a donné une idée.

Vous vous souvenez de ce drone sous-marin que vient de mettre au point une société basée à La Garde ?

– Celui qu'on s'est offert au salon Milipol[101] ? Bien sûr ! Un espion téléopéré, capable de descendre à 300 mètres et doté d'une vision à 360° grâce à sept caméras intégrées dans un bloc monté sur un plateau gyro-stabilisé.

– Vous parlez comme un manuel.

– Normal, leur plaquette est posée sur mes genoux.

– Eh bien, contactez immédiatement le RAID. On va leur donner une occasion de le tester en situation réelle.

Rompue à la récupération d'imageries et au tir de précision en milieu urbain, l'unité antiterroriste d'élite de la police nationale était tout indiquée pour la mission.

– Je les ai joints entretemps, chef. Par chance, certains de leurs plongeurs de combat sont en train de s'entraîner au maniement de l'engin à l'île du Levant.

– Ils ont un moyen de transport pour débouler ici ?

– L'*Argens* vient d'appareiller d'Antibes. Vous savez, la vedette côtière de la gendarmerie maritime…

– Alors, à quoi je sers, moi ?

– À nous donner des cours de cuisine aux fleurs quand tout ce merdier sera fini, chef…

Confiserie Florian, quai Papacino, port de Nice
25 février, 10 h 21

La vieille fabrique chère à Matisse, qui embaumait le quartier lors de la torréfaction des fèves de cacao débarquées des bateaux venus d'Afrique, avait laissé place à une boutique au décor ocre et soleil. Flanqué de ses adjoints, Van Campenhout la traversa d'un pas décidé et arriva au fond de l'arrière-cour. Arrivés le matin même, des hommes cagoulés l'y attendaient, revêtus de combinaisons noires, près d'une masse impressionnante d'équipement. Le groupe d'assaut du RAID, sollicité par le préfet. Le commissaire leur rappela le plan de l'opération.

– D'après nos relevés d'hier à partir d'un système de localisation dissimulé dans le téléphone de l'otage, ses ravisseurs se trouvent à la verticale du monument aux Morts, à cinq mètres sous terre. Probablement dans un ancien hangar à torpilles de la marine italienne, creusé dans le roc. L'appareil a rapidement cessé d'émettre. Ils ont dû le briser. La pièce la plus proche est un entrepôt de la ville situé au bout du couloir de l'ascenseur du château. Un de mes collaborateurs, le commandant de la crim', s'est déguisé en cantonnier municipal et a fait semblant de s'y affairer. Il a constaté que sur la porte blindée du fond, censée être condamnée, les soudures rouillées avaient été supprimées et maquillées avec de la graisse. De plus, il a aperçu l'œil d'une mini-caméra dans l'angle du mur. C'est donc vraisemblablement l'accès principal. Le corridor a été évacué et le premier groupe d'assaut l'a déjà investi. Vos tireurs d'élite sont postés sur les terrasses de l'immeuble voisin. Avec leurs carabines Steyr-Mannlicher, ils ne laisseront aucune chance aux ravisseurs s'ils tentent une sortie en force. Mais ces salopards ont certainement prévu une issue de secours. Ce rocher est un véritable gruyère depuis le Moyen Âge et les Allemands ont dû remettre certains souterrains en service dans le plus grand secret. C'est là que vous intervenez. La seule galerie connue à ce jour, par laquelle ils pourraient s'échapper, est celle qui est devant nous, fermée par cette grille depuis une trentaine d'années. Une équipe du Génie l'a repérée cette nuit, sur près d'un kilomètre. Elle est en sale état, mais pas effondrée. Les anciens étaient de sacrés constructeurs… Pour arriver au plus près de l'emplacement supposé des malfaiteurs, les militaires ont utilisé une petite merveille de technologie testée en Irak, dont le signal satellite traverse la roche. Un combiné estime-GPS gyroscope 3 D. Ils ont balisé le circuit à la peinture fluo jusqu'à une ouverture qui a visiblement été murée pendant la Seconde Guerre mondiale.

Van Campenhout se tourna vers le chef de brigade, qui commandait le groupe.

– Il fait nuit noire, là-dedans...

– Pas de problème, nos lunettes nocturnes captent la moindre source de lumière et l'amplifient jusqu'à mille fois. Si elle est inexistante, une micro-lampe livre un éclairage invisible à l'œil nu, mais suffisant à son fonctionnement. Nous avons des lunettes thermiques qui repèrent la différence de chaleur, même à travers les murs. Nous pourrons ainsi compter les ravisseurs à leur insu. Quant à nos armes, elles sont équipées de lunettes à intensification de brillance ou de viseurs infrarouges.

– Au fait, comment comptez-vous vous y prendre pour les neutraliser en protégeant la fille ?

– Nous utiliserons des bombes lacrymogènes pour les aveugler et des grenades assourdissantes pour les choquer. Mes hommes ont pour instruction de ne faire usage de leurs armes que s'ils sont sûrs de fixer l'adversaire.

– On va essayer de faire entrer un robot-espion dans la grotte pour reconnaître les lieux. Qui donnera le top ?

– Le capitaine qui coordonne l'assaut se trouvera à côté de vous, il est relié avec nos deux groupes par communication cryptée. Nous disposons tous de laryngophones automatisés et nos émetteurs-récepteurs sont assez puissants pour traverser des murs épais.

– Soyez prudents. Vous avez probablement des miliciens albanais de l'UÇK en face de vous, des professionnels de la guérilla, munis d'armes de guerre, qui ont tenu les troupes serbes en respect pendant des mois.

Les policiers s'équipèrent. Avec leurs gilets pare-balles dans lesquels ils rajoutèrent des plaques de céramique, leurs vêtements tactiques chargés de cartouchières, leurs casques en kevlar à large visière surmontés de lampes et de viseurs, les groins de leurs masques à gaz à la ceinture, ils ressemblaient à des spéléologues du troisième type. Ils saisirent leurs pistolets-mitrailleurs Uzi aux garde-main bardés d'optronique et pénétrèrent dans le tunnel.

Van Campenhout courut à sa voiture, dont le chauffeur attendait, moteur en route, et fonça à l'entrée du port. À l'extrémité du quai, une vedette grise effilée, immatriculée P 608, était amarrée, tout juste arrivée des îles d'Hyères où elle avait pris en charge le drone sous-marin. Le caïque de Garri était posté à ses côtés. Le Niçois avait proposé d'y embarquer le matériel et ses opérateurs, pour éviter d'inquiéter les éventuels guetteurs ennemis. Un bateau de plaisance paraîtrait plus inoffensif qu'un petit navire de guerre. L'officier qui commandait l'assaut était déjà à bord. Pascal s'y trouvait également, en liaison radio avec ses hommes, qui entouraient le rocher. Quand le commissaire fut monté, ils partirent s'ancrer face aux rochers de Rauba Capeu. Pour parer à toute éventualité, un sniper était allongé sur le pont, dissimulé sous une bâche de camouflage. Son fusil de précision 338 Lapua Magnum pouvait tirer des munitions supersoniques jusqu'à 1 200 mètres. Heureusement, la mer était d'huile.

L'intérieur du navire, transformé en poste de commandement, était encombré d'écrans, de boîtiers, de radios, de câbles électroniques et de matériel de plongée. Le petit engin hérissé de caméras venait d'être mis à l'eau quelques instants auparavant par le bastingage, face au large. Des plongeurs sur zone sécurisaient son trajet d'approche. Le mobile du détective sonna. Le Phénicien, enfin. Il fallait lui jouer le scénario convenu.

– Monsieur Gasiglia ? Je vous rappelle que notre ultimatum s'achève dans une heure. À quelle adresse souhaitez-vous que je vous envoie la première oreille ?

– Je vous en prie, n'en faites rien ! Le gouvernement a réalisé des prouesses pour accélérer la procédure. Le projet de loi a été transmis au secrétariat de l'Assemblée nationale, selon vos consignes. La commission des Finances s'est réunie en séance exceptionnelle pour en accepter la recevabilité. Et il a été inscrit en priorité à l'ordre du jour par la Conférence des présidents. Nous avons rempli notre part du contrat, vous devez relâcher votre otage.

– Pas tant que nous n'aurons la preuve de ce que vous avancez. J'exige qu'il en soit fait la mention explicitement au journal télévisé de midi sur France 3 Côte d'Azur. Dans le cas inverse, mon chirurgien affûtera son scalpel, mais je crains que les conditions d'hygiène de son bloc opératoire improvisé ne soient assez sommaires…

– Passez-moi Salomé, je veux lui parler.

– Vous l'aurez à la fin du 12-13 heures.
Il raccrocha, trop vite pour qu'on puisse le localiser.
Garri transpirait à grosses gouttes. Il se rapprocha du commissaire, penché par-dessus l'épaule de l'opérateur du drone. La mallette comprenait un poste de pilotage miniature, dont les manettes et les cadrans étaient surmontés d'un écran. Celui-ci était divisé en une mosaïque de sept prises de vue, une par caméra, offrant une vision panoramique de son environnement. Le pilote activait le robot à l'aide d'un simple joystick. Un homme-grenouille disparut de l'un des écrans et le reste se flouta. Le policier écarquillait les yeux.
– C'est quoi, ce bin's ?
Pour lui, le boulier chinois était déjà un produit high-tech...
– Les plongeurs sont bloqués par l'éboulis. Le drone traverse maintenant les rochers. Ah, voici la caverne.
Plusieurs silhouettes se profilèrent sur un quai de béton éclairé d'une ampoule faiblarde. Le robot affleura l'eau noire. Ses optiques à haute définition étaient couplées à un amplificateur de lumière. Un zoom dirigé alternativement sur chacune permit d'identifier le Libanais, un homme aux cheveux blanc et cinq ou six autres fâcheux, enfouraillés à la Kalach'[102]. Au fond, contre la roche, ils distinguèrent Salomé, ligotée à une chaise de dentiste, l'air terrifié. Un téléviseur allumé posé sur une table complétait l'équipement sommaire du petit hangar à torpilles humaines. À gauche, on distinguait une porte métallique, que Pascal reconnut comme étant l'accès à l'entrepôt municipal. Garri consulta anxieusement sa montre. 12 h 36. Le JT n'allait pas tarder à s'achever...
Van Campenhout prit une profonde inspiration.
– On y va.
Le capitaine appela le groupe de Florian.
– Autorité à Taupe 1. Mise en place immédiate.
Puis il joignit celui de l'ascenseur.

– Autorité à Taupe 2. Assaut dans cinq minutes.

Garri tenta de faire le vide dans son esprit, mais n'y parvint pas. Les aiguilles de l'horloge murale s'égrenaient comme autant de piqûres de feu dans sa chair.

Il éprouva presque du soulagement lorsque la voix de l'officier résonna à nouveau.

– 5... 4... 3... 2... 1... top action !

Le bruit des tirs leur parvint aussitôt. Puis, ce fut la pagaille. Sur l'écran, une fumée épaisse envahit bientôt la pièce. D'après les cris, les Albanais étaient plus nombreux et se défendaient farouchement. Lorsque les gaz lacrymogènes commencèrent à se dissiper, le technicien zooma sur les corps à terre. Les trois hommes distinguèrent dans la lucarne le visage du tortionnaire albanais, les yeux rougis par les produits urticants. Au-dessus de lui, jambes écartées, le chef de la section d'assaut tournait sur lui-même, un 38 Spécial Smith & Wesson à bout de bras. Lorsqu'il eut constaté qu'il n'y avait plus de danger, il s'approcha du corps encore agité de soubresauts et le poussa du pied. Le vieux chef de guerre agonisait, en lâchant des chapelets de jurons qui s'achevèrent en borborygmes. L'officier les appela.

– Dites donc, il avait du vocabulaire, votre client.

– Eh oui, « un vieillard qui s'éteint, c'est une bibliothèque qui brûle », ironisa son supérieur.

Garri se précipita sur le micro.

– Et l'otage ?

– Sonnée par les explosions, mais en vie. On la détache. Bilan : cinq hostiles au tapis, deux blessés légers chez nous.

– Le compte n'y est pas. Vous voyez leur chef, un homme en costume ?

– Négatif, les survivants ont dû s'enfuir par une troisième issue. Il y a une grosse porte blindée au fond du hangar, que nous allons faire sauter.

Les caméras du sous-marin enregistraient maintenant l'irruption des policiers de la crim' dans la pièce.

– La reine des abeilles est peut-être morte, mais ils ont encore de sacrés dards et leurs piqûres vont faire très mal, pronostiqua le détective.

Le divisionnaire reçut un appel sur le réseau « pétanque », le relais-radio inter-police. Il écouta un instant sans mot dire, devint livide, puis s'affala sur la banquette.

– Bon Dieu… Merci, je vous tiens au courant, au revoir.

Il s'adressa à Pascal et Garri.

– C'était le patron de l'IGPN, il vient de me confirmer ce que je ne voulais pas admettre. Nous avons identifié notre traître. Grâce aux moulages élastomères relevés dans le chantier archéologique, la police scientifique avait déjà identifié la présence sur place de Marc Malaüs, le directeur départemental des RG. Pour mieux trier les traces suspectes, nous disposons en effet du fichier des empreintes des policiers amenés à fouler par mégarde une scène de crime avant son isolement. Le problème est que le périmètre a été immédiatement gelé et que Malaüs n'avait aucune raison d'y être allé. Je l'avais interrogé à l'époque, mais il m'avait affirmé s'y être rendu quelque temps auparavant pour un contrôle de routine. J'ai fait semblant de le croire, mais ça ne m'a pas convaincu. D'autant qu'il mesure 1,83 m, exactement la taille de l'assassin d'après la balistique, selon l'angle de pénétration de la fléchette plantée dans le cou de l'archéologue. Quand j'ai appris qu'il y avait une taupe dans nos services, j'ai fait part de mes doutes aux enquêteurs et on a pu accélérer le processus. Vous savez que chaque arme a sa signature, grâce à l'usure du projectile qu'elle a utilisé. En l'occurrence, le pistolet narcotique qui a abattu le scientifique sous le tram' était une arme retrouvée dans les locaux de la STASI[103], après la chute du mur de Berlin. Seuls les services de renseignement occidentaux avaient accès à ces inventaires à l'époque, or cette arme en avait mystérieusement disparu. Et qui était l'honorable correspondant de la DST à Berlin en 1989 ? Je vous le donne Émile : Marc Malaüs.

Garri était abasourdi.

– Mais pour quelle raison a-t-il fait ça ?

– Le mobile existe. Dans le cadre de la fusion prochaine entre les RG, la DST et la sous-direction antiterroriste, il aurait été sous les ordres de son ancien collègue et il ne pouvait s'y résigner. C'est peut-être ce qui lui a fait franchir la ligne jaune…

– *Arca pétan !* rugit le détective. Que le cul lui pèle, qu'il y pousse des joncs et que ses deux bras soient trop courts pour se gratter !

– On va le faire serrer immédiatement, assura le commissaire, qui passa quelques coups de fil.

Il blêmit à nouveau et s'adressa à Pascal.

– Il paraît qu'il est allé sur place… Contacte tes hommes, qu'ils lui passent les bracelets, il n'a rien à foutre là-bas !

– Maxime, ici Pascal. Malaüs est dans le coin ?

– Oui, patron, ça m'a étonné. On a fait sauter la porte blindée et il est parti dans le souterrain, derrière les gars du RAID. Mais on ne peut plus les contacter, le signal radio est coupé, ils sont trop loin.

Garri eut un mauvais pressentiment. Il hurla :

– L'otage, où est-elle ?

– Elle aurait entendu où se trouvait le parchemin et il a voulu qu'elle l'y conduise.

Souterrains du château, Nice
25 février, 13 h 04

La radio de la crim' grésilla.

– Patron, c'est Maxime. Il y a de la casse chez nos ninjas. Les Albanais se sont repliés sur des positions de défense préparées à l'avance. Ils doivent protéger la fuite du Libanais et de Malaüs avec son otage. Ils disposent même d'une mitrailleuse et de masques à gaz. Il va falloir du temps et du matos pour les déloger, surtout qu'ils connaissent ces oubliettes comme leur poche.

L'officier du RAID intervint.

– À situation exceptionnelle, solution exceptionnelle. Il nous reste l'armée des ondes.

Devant l'air ahuri de ses interlocuteurs, il précisa :

– Une nouvelle arme non létale, que les Américains ont testée avec succès, il y a un an, dans les grottes d'Afghanistan. Nous venons de prendre livraison du prototype, mais ne l'avons encore jamais utilisé en France. Il s'agit d'un faisceau de micro-ondes qui élève en quelques secondes la température de la peau à 50°. Elle provoque immédiatement des sensations intenses de brûlure et neutralise quiconque sur une distance d'un kilomètre.

– De quelle option de remplacement disposez-vous ?

– Les faire sortir au lance-grenades, mais l'otage y resterait.

– Alors, il n'y a pas à hésiter. Faites griller le kebab.

Un quart d'heure plus tard, Maxime leur annonça à la radio qu'ils avaient récupéré les combattants. On entendait derrière lui les hurlements des Albanais qui s'égosillaient à s'en faire péter les cordes vocales. La finale de la Star'ac balkanique ne manquait pas de coffre.

– Ils sont à point, patron, et bien en vie. Mais, d'après eux, le Libanais d'un côté, Malaüs et son otage de l'autre, se sont enfuis par les deux dernières issues. Elles sont condamnées de l'intérieur par des cloisons coulissantes cuirassées. On en a pour deux heures au bas mot à rapatrier les explosifs nécessaires et à les souffler.

Garri réfléchissait à toute vitesse. Il fallait absolument les coincer à la sortie, avant qu'ils ne s'enfuient. La seule chance était que ces galeries communiquent avec la fameuse crypte des pénitents pourpres.

Il rappela son copain Dominique. Celui-ci lui assura qu'il avait relevé son message, qu'il était plongé dans les archives et qu'ils iraient plus vite à deux. Le détective confia la barre de Slapette au marin de la CCI qui l'avait aidé à la manœuvre et sauta dans son annexe. Il échoua le pneumatique sur la grève de galets, grimpa quatre à quatre les escaliers de pierre, traversa le quai des États-Unis et fit irruption dans l'ancienne maison de pêcheur où était installé le Centre du patrimoine de la ville. L'historien était absorbé par l'étude d'un nombre impressionnant de documents étalés sur la grande table de consultation.

– La ferveur populaire était ahurissante chez nous. Entre la cathédrale, les églises, les chapelles, les oratoires et les couvents, j'ai identifié plus de dix-neuf cryptes sous la vieille ville. L'accès de la plupart a été muré, car elles étaient effondrées.

– On n'aura jamais le temps de les visiter toutes. Il faut restreindre l'échantillon des possibles. Réfléchis. Lesquelles sont les plus susceptibles d'héberger les réunions d'une confrérie occulte ? Ces gens-là sont pétris de symboles et de rituels. Cela pourrait nous mettre sur la voie…

Au même instant, Salomé, les poignets menottés dans le dos, trébucha en émergeant du souterrain. Sur ses talons, Marc Malaüs la menaçait de son arme de service. Une lourde porte métallique se referma derrière eux. Ils se trouvaient dans une cellule de moine voûtée. Un lit en acier, une table de chevet où était posé un missel, un vieux prie-dieu et une chaise en composaient l'ameublement. La décoration consistait en une aube pourpre et sa cagoule pointue assortie, suspendues à un cintre dans un coin. Les murs étaient égayés d'un simple crucifix recouvert d'un bouquet de rameaux desséché. Derrière un rideau en plastique, on devinait des toilettes et un minuscule lavabo. Le policier fit asseoir la jeune femme sur le lit et accrocha ses menottes aux montants. L'atmosphère de la cave était imprégnée d'humidité et une odeur douceâtre de salpêtre flottait dans l'air confiné. Déjà très éprouvée, Salomé puisa dans ses ultimes ressources pour se concentrer.

L'homme avait l'air aux abois. La situation lui avait visiblement échappé et il improvisait. Il avait intérêt à la conserver en vie pour l'instant. La jeune femme tenta de le faire parler pour gagner du temps et l'interrogea sur ses motivations. Il se mit à parler, comme si cela l'aidait à faire le point.

– Ma famille est issue de la tribu des Ecdinii, installés ici depuis près de trois mille ans. Je suis un des rares Niçois à descendre directement des Ligures, les tribus celtes du Sud, qui sont les propriétaires légitimes de ce pays. Ce sont eux qui ont construit le premier oppidum sur la colline du château, un castellaras à l'enceinte circulaire cyclopéenne. Mon nom, Malaüs, veut d'ailleurs dire « la roche ». Les Grecs ont été nos premiers envahisseurs et, depuis, les invasions se sont succédé jusqu'aux Français, les derniers barbares à avoir profané notre sol sacré.

À cette évocation, les plis de son harmonieux visage s'étaient creusés. La dureté de l'ange déchu transparaissait derrière les traits réguliers. De ses yeux fiévreux, comme dévorés de l'intérieur, commençait à sourdre une sorte de folie.

– Que représente ce costume ? demanda Salomé en désignant le cintre, pour le faire poursuivre.

– C'est la tenue de cérémonie des pénitents pourpres. Je suis le sénéchal de cette confrérie occulte, créée juste après les blancs, au tout début du XIVe siècle. Elle n'était accessible qu'aux descendants avérés des premiers occupants celto-ligures, qui se sont cooptés. La qualité de membre se transmet uniquement de père en fils. Notre objectif est d'évincer les étrangers, en nous entraidant pour accéder à tous les leviers du pouvoir local. C'est pourquoi nos ancêtres avaient négocié avec le roi de France une franchise fiscale illimitée contre le statut de ville ouverte. Pas d'impôt, pas de pouvoir. Les Français nous ont offert à l'époque la corde pour les pendre. J'ai simplement saisi l'opportunité des travaux du tramway pour aller récupérer sous les décombres de la muraille ce qui nous appartenait. Les survivants de notre ordre avaient transmis à leurs successeurs l'emplacement exact du coffret.
Tout en parlant, le regard de l'homme commençait à dévier furieusement vers la gorge palpitante de la jeune otage. Danger et montée de testostérone font souvent bon ménage. Le corsage défait, les cheveux dans les yeux, elle s'offrait comme une victime expiatoire. Le policier se mit à transpirer, déchiré par un mystérieux conflit. Elle ressentit le trouble désir du mâle qui s'éveillait. Il se leva, s'approcha d'elle et effleura sa joue. Sa caresse tenta de se faire plus précise, mais une force inexplicable semblait retenir son bras.

– Votre peau est si douce, lâcha-t-il d'une voix gutturale.

– Vous pouvez obtenir les faveurs de toutes les femmes que vous désirez, non ?

– Justement, elles s'offrent toujours comme des bêtes, à m'en dégoûter.

– Les hommes, alors ?

– Les sodomites ? Encore pire. Ils ne cessaient de me faire des propositions directes. Non, j'ai choisi la troisième voie et fait vœu perpétuel de chasteté. Vous êtes ici dans la cellule où je viens m'infliger les repentances de mes pensées impures.

Il tremblait maintenant de tous ses membres, le visage secoué de tics, évaluant les rondeurs appétissantes de la prisonnière sous ses vêtements légers. Salomé frissonna. Il devait être du genre à se fouetter au sang pour faire taire son désir. Et il pouvait se venger sur elle de bien des façons. Rien de pire que l'explosion d'une libido contrariée depuis tant d'années, mêlée à la culpabilité de s'y abandonner.

Le policier saisit le col de son chemisier.

– Par Saint-Denis, Garri, nous faisions peut-être fausse route par homophonie !

Dominique martelait un vieux grimoire de son index.

– L'encagoulé qu'a entendu ton ingénieur du son a pu citer la crypte de Nis et non celle de Nice. Nis signifie « la source » en ligure. Certains attribuent l'origine du nom de la ville à cette aiguade qui jaillissait sur la plage, au pied de l'actuelle tour Bellanda, où les navires de passage, puis les pêcheurs, s'approvisionnaient en eau douce. Elle faisait l'objet d'un véritable culte de la part des premières tribus qui s'étaient établies là. Elles y avaient édifié un oratoire en l'honneur de cette déesse de la fertilité, autour de la première fontaine construite en ville pour la capter.

– Où se trouve-t-il ?

– Il a été détruit par les premiers chrétiens. Mais tu sais que l'Église a toujours pris soin de siphonner les cultes anciens, pour mieux s'attirer les faveurs des peuples fraîchement convertis. Les spécialistes estiment que c'est sur l'emplacement de la crypte de Nis que le premier édifice catholique aurait été bâti. Depuis, on y a construit la paroissiale San Giaume,

dédiée à saint Jacques le Majeur. Elle se trouve à quelques dizaines de mètres d'ici, c'est l'actuelle église Sainte-Rita.
La patronne des causes désespérées, c'était de circonstance… La proximité du hangar souterrain de Rauba Capeu prenait tout son sens. Garri bondit dehors en criant.

– Fais prévenir le commissaire Van Campenhout, à la PJ.

Il traversa le cours Saleya en sprintant, sous l'œil éberlué des consommateurs assis aux terrasses des bars branchés. Il se précipita dans l'église et apostropha le vieux diacre qui nettoyait les coulures de cierges offerts à la dévotion de la sainte. Il lui agita sa carte de pêche sous le nez…

– Police ! Peut-on accéder à l'ancienne crypte à partir de la nef actuelle ?

– Non, elle a été murée, car elle s'était à moitié éboulée. Les propriétaires de l'immeuble voisin l'ont acquise il y a bien longtemps et elle doit communiquer maintenant avec leurs caves.

Le détective ressortit en coup de vent, faisant s'enfuir une vieille qui priait, dans un flottement de dentelles noires effarouchées. Un seul nom figurait sur le parlophone. Gapeani. Le patron de la boucherie voisine lui confirma qu'il s'agissait bien de l'avocat. Tiens, tiens, quelle coïncidence… Il sonna. Une voix hésitante répondit. Sans doute la femme de ménage.

– Un courrier urgent pour Me Gapeani.

La porte s'ouvrit. Il se rua dans les escaliers des caves et enfila un long couloir, cherchant à se repérer. Des traces d'anciennes fondations sur les murs l'informèrent qu'il était passé sous l'église. Une faible lueur filtrait sous une porte, au fond. Il retira le Taurus de son holster, engagea une balle dans le canon et enfonça le vantail d'une bourrade.

Menottée à la tête du lit, bâillonnée, Salomé était entièrement dévêtue, ses vêtements arrachés éparpillés au sol. Elle se débattait avec l'énergie du désespoir pour éviter que Marc Malaüs, au comble de l'excitation, ne parvienne à la forcer.

Cinq minutes plus tard, la situation était inversée. Immobilisé à son tour, le flic suppliait, à peu près aussi crédible dans son numéro de repentance que Ben Laden demandant la communion. Le Niçois pressait la jeune femme contre lui, caressant doucement ses cheveux. Elle se calmait peu à peu et réussit enfin à parler.

– Dans son délire, il m'a dit que l'instrument de son pouvoir était dans la crypte d'à côté.

Ils avisèrent la seule ouverture donnant dans le vestibule d'entrée et pénétrèrent dans une salle basse, dont on devinait vaguement le plafond cintré. Garri sortit son briquet et alluma une bougie posée sur un trépied. Les murs de la crypte étaient lisses, à l'exception de hauts chandeliers maçonnés dans la roche. Sur une grande bannière de tissu violet se lisait l'inscription : *Nicae confraternitas.* Au-dessous, un autel de marbre où reposait un petit coffret de cuir enluminé de fleurs de lys. Le Niçois s'approcha de l'objet, le cœur battant. Il fit jouer le fermoir métallique et en sortit une boîte en bois ouvragé, capitonnée de velours cramoisi. Elle livra un parchemin jauni, entouré d'une cordelette de soie cachetée de cire. Il le déplia religieusement et commença à en prendre connaissance.

Ordonnance du Roy sur le faict d'impôts en Comté de Nice
François, par La grâce de Dieu, Roy de France…

Théâtre de Verdure, promenade des Anglais, Nice
2 mars, 20 h 38

Indifférent à la foule joyeuse qui l'entourait pour participer au cortège de clôture de Carnaval, Garri était adossé à la statue célébrant le rattachement de Nice à la France, le cerveau vide, résigné comme le veau qui pose sa tête sur le billot. Un groupe de jeunes scandinaves hystériques, déguisées en Spice Girls, l'entoura, l'incitant à entrer dans leur farandole pour descendre sur la plage. La plus jeune était à croquer, une babydoll dont la silhouette dévêtue était un vivant appel à transgresser sur le champ quelques commandements de la Bible. Le mec qui avait écrit « Tu n'auras pas de désir impur volontaire » n'avait pas dû la croiser à l'époque… Déjà bien imbibée de bière, elle riait trop fort et à gorge si déployée qu'on pouvait voir à travers ses amygdales jusqu'au col de l'utérus. Jamais le détective n'eût laissé passer une telle occasion en temps normal. Mais, en cet instant, il avait de bonnes raisons d'ignorer les charmes de la jeune Viking.

Pourtant, durant la semaine écoulée, ragaillardis d'avoir récupéré le parchemin, les services de l'État avaient lancé une offensive tous azimuts contre les entreprises de déstabilisation des Frères de la Côte. Ceux-ci avaient été arrêtés ou s'étaient enfuis à l'étranger. La campagne de l'agence de communication commençait à porter ses fruits. À une semaine des élections municipales, les derniers sondages pronostiquaient un retour aux équilibres habituels des partis traditionnels et à une très faible percée des sécessionnistes. Malaüs avait avoué le meurtre de l'archéologue. Dans la foulée, il avait révélé que Me Gapeani, dont la famille était propriétaire depuis des siècles de l'immeuble de la crypte, était bien le grand maître de la confrérie. Le privé était sur un petit nuage et il avait passé ces deux jours à savourer les félicitations qu'on lui adressait, à porter des toasts et sabrer Salomé comme un athlète olympique.

Aussi avait-il reçu une véritable douche glacée en décrochant son téléphone le matin même. La voix coupante du Libanais l'avait saisi au saut du lit comme un uppercut au foie.

– J'espère que vous profitez de cette journée de victoire, monsieur Gasiglia, car ce sera la dernière. Mes associés ne me pardonneront pas l'échec de l'opération et mes jours sont comptés. Alors, après moi le déluge. Les habitants de cette maudite ville paieront le prix de leur défiance. Et le plus savoureux, c'est qu'ils allumeront eux-mêmes la mèche de leur hécatombe. Rendez-vous en enfer, monsieur le détective.

Il avait raccroché, laissant le Niçois le souffle coupé.

Après deux mois d'enquête, suivie de l'euphorie de la victoire, la tension s'était relâchée dans les services de la police nationale. Van Campenhout venait de partir en congés, comme la plupart de ses proches collaborateurs. La neige était exceptionnelle dans les stations de ski de l'arrière-pays et les vacances scolaires tombaient à pic. Seul le fidèle Pascal, célibataire endurci, était resté à son poste et assurait l'intérim administratif. GG et lui avaient tourné et retourné les paroles du Phénicien. Il devait avoir un contrat sur la tête. Un homme condamné, au faîte de sa gloire, était probablement prêt à tout pour qu'aucun de ceux qu'il rendait responsable de sa chute ne lui survive. Sa formule concernant l'« hécatombe » ne pouvait signifier qu'une chose, une déflagration terrifiante à l'échelle de la ville entière, qui supposait un explosif de puissance phénoménale. Ou alors une bombe « sale », conventionnelle, mais entourée de matériaux radioactifs ou de produits toxiques destinés à contaminer la zone. Le cauchemar de la protection civile. Avec toutes les saloperies disponibles sur le marché, il n'était plus très compliqué de concevoir des engins improvisés de nature atomique, bactériologique ou chimique. Et pas très difficile de trouver des groupes terroristes prêts à les vendre un bon prix. En tout état de cause, les experts consultés s'accordaient à penser que la décontamination de la métropole serait longue et coûteuse, la rendant inhabitable pendant longtemps. Ainsi, au-delà des victimes directes de l'explosion initiale, l'effet majeur serait celui de la panique liée à la peur des radiations, de l'invisible danger. Nice se désertifierait pour des décennies.

La nuit était tombée et on n'avait rien trouvé. Tous les services disponibles avaient été réquisitionnés, ratissant la cité. Mais autant chercher un noyau de caillette[104] à la fête des Mai. Un soin particulier avait été apporté au littoral, noir de monde en cette fin de Carnaval. D'autant que le vent dominant en soirée était la brise de mer, qui rabattrait vers les terres une éventuelle contamination.

« Les habitants allumeront eux-mêmes la mèche » : cette phrase revenait sans cesse à l'esprit de Garri. Pour parer à toute éventualité, un arrêté préfectoral avait interdit les barbecue sur la plage et tout allumage de fusées de détresse périmées sur les bateaux, une tradition niçoise ce soir-là.

Enfin, l'hypothèse la plus plausible s'était révélée fausse. Le démineur des sapeurs-pompiers s'apprêtait à quitter la barge pyrotechnique ancrée un peu au large. Il avait passé au peigne fin les caisses du feu d'artifice. Rien à signaler. Alerté, le maire avait décidé de maintenir le programme, pour ne pas créer d'affolement inutile. Il est vrai que chaque soir recevait son lot d'alertes à la bombe provenant d'illuminés en tout genre. Garri descendit sur la plage pour accueillir le Zodiac du démineur, qui fit sensation en venant s'échouer au bord. Attirée par le bruit du moteur, la petite sirène danoise de tout à l'heure fendit la foule et s'accrocha au bras du Niçois en minaudant.

– Toi, venir avec moi. Voir roi, boum boum badaboum.

Il s'arrêta, interloqué. Ils étaient tellement obnubilés par la mèche du feu d'artifice qu'ils n'avaient pas pensé que le débonnaire souverain de carton-pâte, qui avait conduit tous les corsos, serait incinéré ce soir, comme la tradition l'exigeait. Sa Majesté Carnaval. Décidément, le Libanais ne manquait pas d'humour… Laissant la gamine décontenancée sur la grève, le privé repoussa l'artificier vers le pneumatique.

– Vite, le char du roi !

Ils démarrèrent le moteur et parcoururent d'un trait les cinquante mètres qui les séparaient du radeau où le héros du jour avait été hissé. Un vigile arborant une superbe casquette en peau de fesse leur en interdit l'accès, goûtant visiblement les privilèges de sa fonction.

Garri tenta de monter à bord, mais le crâne rasé le repoussa sans ménagement.

– Nous sommes les artificiers de la police. La statue va peut-être exploser.

– Et moi, je suis la reine d'Angleterre.

Il appuya ses propos en sortant de sa ceinture une matraque Tonfa anti-émeutes, qu'il fit claquer d'un air méchant dans sa paume.

– Toi, t'as la gueule d'un mec qui va pas tarder à rejoindre les têtes-en-os.

Garri pensa à ce qu'aurait fait Ortega à sa place et grinça.

– Écoute, Dugenou, t'étais même pas encore un éclair de

lubricité dans l'œil de ton père que j'avais déjà exécuté mon premier contrat. Alors, tes menaces, tu peux te les carrer dans l'oignon !
Le vigile rabaissa d'un ton, se faisant procédurier.

– C'est un accès réservé, vous avez un badge organisation ?

– J'ai mieux que ça, rétorqua GG à bout d'arguments. Moultipass ![105] Et, sans plus attendre, il lui enfonça le canon de son flingue dans la narine.

La foule s'impatientait. Garri tenait en respect l'employé de mairie chargé d'allumer le bûcher.

– Quelqu'un est venu cet après-midi ?

– Oui, trois employés de la société de pyrotechnie sur un semi-rigide arrivé du large. Ils ont installé une fontaine crépitante qui doit être le clou de l'embrasement. Elle avait l'air super-lourde, ça va être magnifique !

– Vous les connaissiez ?

– Ben, non, mais ils portaient le blouson de leur boîte.
Le pompier dut déchirer le carton-pâte pour pénétrer à l'intérieur de l'effigie grotesque du monarque.

– Nom de Dieu !

Dans le halo de sa lampe-torche reposait un énorme carton recouvert d'une mention à la peinture :
« Avec les compliments du Phénicien. »

Plage publique du Centenaire, Nice
2 mars, 22 h 05

La flamme attaqua le visage, les sourcils grésillèrent, les yeux se consumèrent. Sa Majesté le roi Carnaval avait entamé son dernier voyage pour sacrifier au rituel païen qui mettait fin aux festivités.

Le bûcher avait été allumé avec pas mal de retard, le temps de faire évacuer la caisse par les pompiers. Au milieu d'une foule enfiévrée qui ignorait le cataclysme auquel elle avait échappé, Garri et Pascal, assis côte à côte sur les galets, regardaient sans mot dire le char brûler sur l'eau. La radio du policier grésilla. C'était Maxime, à la brigade criminelle.

– Patron, on vient de retrouver le Phénicien et l'avocat Gapeani dans une voiture volée, garée devant l'entrée du palais de la préfecture. Ils étaient enlacés sur la banquette arrière, le Libanais grimé en roi de la Renaissance et le grand maître en membre du Ku Klux Klan, tout en rouge. Ils se sont visiblement étouffés avec leur langue tranchée.

– Pas besoin d'appeler l'identité judiciaire, c'est le châtiment classique réservé aux menteurs par les mafias. Emportez-les directement à l'institut médico-légal.

Il raccrocha.

– Le message qui nous est adressé est clair. Les Frères de la Côte jettent l'éponge. Avec les milliards qu'ils ont perdus, il va y avoir une belle épuration au sommet de leur organisation. Bon, c'est pas tout, mais je vais aller me mettre la viande dans le torchon, moi. Je crois que je vais dormir vingt-quatre heures d'affilée. Tu as fait du bon boulot, Garri, on te doit une fière chandelle. À propos, le commissaire m'a chargé de t'informer qu'il a proposé Ortega pour la Légion d'honneur à titre posthume.

– Merci pour lui, il doit apprécier de là-haut.

Le policier s'éloigna. Un punk bien secoué virevoltait autour du détective, revêtu d'un tee-shirt taggé à la main Tarpe diem, l'inévitable Kronenbourg en pogne. Le Dgé était un véritable *freak magnet*[106], il attirait tout ce que le monde comptait d'allumés. Il demanda au papagayo sa canette de bière et la leva au ciel, portant un toast au monarque.

– À ta santé, François. Tu nous auras bien fait raquer[107].

L'Iroquois à la crête fluo l'apostropha.

– Hey, man, t'endors pas sur la pisse-en-boîte. T'as du feu ?

Garri sortit le parchemin plié sous son blouson, alluma son briquet et l'enflamma. Une torche jaillit de son bras tendu. Le perroquet des îles qui s'était approché, un gros cône en bouche, recula prestement.

– Putain, mais c'est quoi ce truc de malade ?

– Une sorte de billet à ordre médiéval qui vaut bien quelques milliards.

Incrédule, mais impressionné, l'empétardé émit un sifflement.

– Ouais, plus fort que Gainsbourg, t'es vraiment le king !

– Tu ne crois pas si bien dire… murmura le Niçois, rêveur, en fixant la couronne du souverain de carton qui s'enflammait à son tour.

ÉPILOGUE

Caves du fort de Vincennes
4 mars, 16 h 11

Voilà des semaines que le soleil n'avait pas percé le plafond bas du bassin Parisien. Le froid qui régnait en surface était décuplé dans la cave glaciale. Garri avait suivi le conservateur général des archives militaires, un fonctionnaire passe-muraille, blouse verte, chemise empesée et cravate terne. Nantis d'un sauf-conduit bardé de tampons qui leur valait le respect des plantons, ils avaient emprunté une passerelle sur les fossés de la citadelle. En contrebas, une croix blanche isolée était plantée sur le tapis herbeux. L'emplacement de l'exécution du duc d'Enghien, le descendant du commandant en chef du siège de Nice, par qui tout avait commencé… Le privé sourit devant ce clin d'œil du destin. Ils avaient ensuite traversé d'anciens blockhaus désaffectés et passé un poste de garde, avant de pénétrer dans cette salle d'archives souterraine, protégée comme la Banque de France.
Le Niçois avait rapporté le matin même au préfet des Alpes-Maritimes les restes du parchemin qu'il n'avait laissé brûler qu'à moitié. Le serviteur de l'État lui avait alors remis un ordre de destruction signé conjointement par les hôtes de Matignon et de l'Élysée.

– Ce maudit document a déjà fait couler assez de sang, monsieur Gasiglia. Assurez-vous personnellement de la bonne exécution de cette décision.

Seules les deux plus hautes autorités de l'Exécutif avaient le pouvoir, en concertation, de faire disparaître une pièce de cette importance s'ils jugeaient que « son existence était de nature à nuire à l'intégrité du territoire national ». Ils n'en étaient juges que devant leur conscience, échappant naturellement au tribunal de l'Histoire, puisque nul n'aurait jamais connaissance de son existence.

Un crissement aigu le tira de ses pensées, tandis que la broyeuse actionnée par le responsable des archives réduisait en lambeaux les deux exemplaires de l'engagement du monarque. Toujours silencieux, le conservateur, seul habilité à le tenir, signa le registre spécial. Le dossier N° UCD-N1-JL/KC 4466342-765 AE, dont l'hôte parcheminé avait été rédigé en août 1543, ne recélait plus désormais qu'un ordre de destruction contemporain, refermant une boucle de sueur et de sang. Malgré toutes les justifications de ce geste, Garri se sentait coupable d'un sacrilège révisionniste, curieusement partagé entre soulagement et mutilation. L'agent de l'État fit jouer sur ses gonds la lourde porte d'acier de la salle forte et un dernier trait de lumière balaya les rayonnages, avant qu'ils ne retournent à la nuit. La cloison étanche se referma avec un claquement sinistre sur les poubelles de la République.

Tandis que l'écho s'en répercutait dans les coursives de béton, quelques vers d'Alfred de Musset vinrent danser devant les yeux du détective :

« ...et sur l'autel fumant, placez pour chapiteau
Le couvercle arrondi dont l'auguste jointure
Aux parfums indiscrets doit servir de tombeau. »

LEXIQUE

1. Lavandières
2. Oh, la femme moche, fais vite des charpies de vieux chiffons !
3. Regarde-moi-le, ce chieur de blettes !
4. Dieu est grand et Mahomet est son prophète (en arabe)
5. Attention à l'attaque des Sarrasins sur le bastion !
6. Regarde, Catherine, le croissant !
7. Châtreur de porc !
8. Embrouille
9. L'ancien siège des services secrets soviétiques
10. Officier de police judiciaire chargé des premières constatations sur la scène d'un crime
11. Alevin de sardine
12. Palpitations cardiaques
13. Garçon (en italien)
14. Couilles (en italien)
15. Chef des chefs (en italien)
16. Jour de l'an (en italien)
17. Familles mafieuses du sud de l'Italie (en calabrais)
18. La loi est la même pour tous (en italien)
19. Mais pour certains, elle l'est moins que pour d'autres (en italien)
20. Fleur du désert (en arabe littéraire)
21. Merci beaucoup, Noël, tout va bien (en italien)
22. Adieu l'impôt mafieux (en italien)
23. Le MEDEF italien
24. Très grande escroquerie (en italien)
25. Tramway
26. Coureuses de fortunes (en serbe)
27. Nouveau riche russe (en russe)
28. Le quartier chic des Russes à Londres
29. La pègre russe (en russe)
30. Je chanterai toujours ma petite chanson : *Vive Nice la belle*
31. Un p'tit coup
32. Lampe flottante destinée à attirer les poissons
33. L'armée de libération du Kosovo (en albanais)
34. Non gitans (en rom)
35. Bourgeois-bohèmes
36. Frimeur
37. Défense d'entrer (en russe)
38. Danger – Poison (en russe)
39. Ta gueule ! (en russe)
40. Allez ! (en russe)
41. Chef (en russe)
42. Serviteur de l'Unique (en arabe)
43. Salut ! (en russe)
44. L'État ? Mais tout le monde s'en fout ! (en italien)
45. Fais pas l'imbécile
46. RMI : Revenu minimum d'insertion
47. Regarde-moi ce bon à rien. Il n'y comprend rien
48. Moustaches
49. Suce-gouttes
50. Fais du bien à autrui, il te chiera dans les bottes
51. Secrétaire tout juste bonne à l'oral
52. Collectionneurs d'étiquettes de fromages
53. Étouffe-chrétien
54. Attention, les filles, voilà le coureur de jupons !

55. Ah, bien joué
56. Quel lourdaud
57. Éreintés
58. La sous-ventrière
59. Chier
60. C'est vraiment que des conneries !
61. Menteur, littéralement : raconte-couilles
62. Je n'y comprends rien
63. Endormi
64. Petit branleur
65. Soulographes
66. Descente
67. Vieux Nice, de l'arabe Bab-el-souk, la porte du marché
68. Fondu d'informatique
69. Bonjour (en russe)
70. Imbécile (en pataouète)
71. Gifle (en pataouète)
72. Du bidon (en pataouète)
73. Attention, putain ! (en russe)
74. Tue-là ! (en russe)
75. Dépêche-toi !
76. École d'application de l'aviation légère de l'armée de terre
77. Radio-radar par message codé prédéterminé
78. *Notice to Air Men,* indications signalant les dangers au sol
79. Repenti (en italien)
80. Direction des investigations anti-mafia
81. Un exécuté, qui sera le suivant ?
82. Direction générale de la sécurité extérieure (service de renseignement français)
83. Contre-révolutionnaires (en espagnol)
84. Service de sécurité russe, successeur du KGB
85. Inspection générale de la police nationale (la police des polices)
86. Nom familier des inspecteurs de la police des polices
87. Le fleuve (en arabe)
88. L'homme libre (en berbère)
89. Chant de guerre aborigène destiné à effrayer l'ennemi
90. Je te jure (en arabe)
91. Le remède, sous-entendu : à tous les maux
92. Mais quel rabat-joie
93. Sa copine l'a plaqué et il en est fort désappointé
94. Un rat, c'est fait pour s'apparier avec une souris
95. C'est ça, vas-y, envoie la seringue, fumier ! (cité par l'incontournable R. Cairaschi)
96. Jeu d'adresse typiquement niçois
97. *Machine to machine*
98. Service du travail obligatoire (durant la Seconde Guerre mondiale)
99. Voleur de chapeau (endroit venté)
100. Cochons (en italien)
101. Le salon du jouet des polices du monde entier
102. Kalachnikov, fusil d'assaut russe
103. Ex-police secrète est-allemande
104. Variété de petite olive niçoise
105. Répartie culte du film *Le Cinquième Élément*
106. Aimant à doux dingues
107. Tu nous auras bien gonflés

REMERCIEMENTS

L'auteur et l'éditeur tiennent à remercier pour leur présence dans ce roman les établissements suivants, par ordre d'apparition à l'écran :

Héli Air Monaco,
Domaine Le Jas d'Esclans à La Motte-en-Provence,
Hôtel Windsor à Nice,
Hippodrome de la Côte d'Azur à Cagnes-sur-Mer,
Restaurant Villa Corléone à Nice,
Café Malongo à Nice,
Port de Nice (CCI),
Aéroport de Cannes-Mandelieu (CCI),
Château de la Chèvre d'or à Èze-village,
Pole Company à Nice,
Confiserie Florian à Pont-du-Loup.

L'auteur remercie également pour leur contribution :

Dominique A, Jean A, Christian C, Marie-Clarté D, Manon D, Fabienne J, Pascal L, Christophe H, Philippe C, Monsieur T, Dominique E, René C, Jean-Paul P, Richard C, Francis F, Sébastien V, Boris M, Pierre R et le docteur Yves Jacomet.

Éditions Gilletta•nice-matin®
Éditeur : **Gilbert Grisoni**
Directrice éditoriale : **Valérie Castéra**
Secrétariat d'édition : **Faustine Sappa**
Réalisation : **Richard Calatayud**

Direction artistique : **blac**

Achevé d'imprimer en juin 2008
sur les presses de **Papergraf**, Italie

Éditions Gilletta•nice-matin®
Dépôt légal juin 2008

ISBN : 978-2-915606-66-9

5, rue Michel-Ange – 06100 Nice
Tél. 04 92 07 94 94 – Fax 04 92 07 94 92
edgilletta@cote-dazur.com
www.editionsgilletta.com